HAYMON taschenbuch 190

MIX
Papier aus verantwortungsvollen Quellen
FSC® C017859

Auflage:
2018 2017 2016 2015
4 3 2

HAYMON tb 190

www.haymonverlag.at

ISBN 978-3-7099-7814-6

Umschlag- und Buchgestaltung nach Entwürfen von hœretzeder grafische gestaltung, Scheffau/Tirol
Umschlag: Eisele Grafik·Design, München, unter Verwendung von Kinosaal: EvgenB/Depositphoto; Leiche: Kalulu/Bigstock; Hintergrund: Loskutnikov/Shutterstock
Satz: Da-TeX Gerd Blumenstein, Leipzig
Autorenfoto: Rainer Wölzl

Gedruckt auf umweltfreundlichem, chlor- und säurefrei gebleichtem Papier.

Edith Kneifl

Taxi für eine Leiche

Ein Wien-Krimi

Edith Kneifl

Taxi für eine Leiche

Es ist besser, etwas Böses zu tun,
als gar nichts zu tun,
denn das Böse impliziert immerhin
zwischenmenschliche Kommunikation.
John Cale

Der Mörder hielt den aufgeklappten Taschenfeitl wie einen Dolch in der erhobenen Hand. Er stieß seinem Opfer die kleine scharfe Klinge in die rechte Seite des Halses. Ein schneller sauberer Schnitt. Das Blut schoss mit solcher Macht heraus, dass kleine Fleischfetzen bis an die Wand spritzten ...

1

Schritte. Schwere Schritte. Ein kühler Luftzug. Ein dumpfer Knall. Ein schwacher Lichtschein. Eine zerbeulte Cola-Dose.

Sie steckte die Dose in den Mistsack, bückte sich, hob Kaugummipapier und Popcornbecher auf.

Zwei Beine, schwarze Strümpfe, schwarze Schuhe. Ihre Finger berührten weiches warmes Fleisch. Sie roch an ihren Fingern. Frisches Blut.

Sie schrie.

Das grelle Licht ihrer Taschenlampe tastete schonungslos über die fahlen eingefallenen Züge eines Mannes. Sein Mund stand offen. Seine Augen waren weit aufgerissen.

„Scheiße", schimpfte sie leise, als fürchtete sie, der Tote könnte sie hören.

Zum Glück hatte es wieder einen alten Mann erwischt. Nach jeder Vorstellung hatte sie Angst, ein junges Gesicht unter den Sitzen zu entdecken.

Sie wusste, dass sie nichts anrühren sollte. Es war schon ein Fehler gewesen, die Finger auf die offene Wunde in seinem Hals zu legen. Der Strahl ihrer Lampe richtete sich auf den zusammengekrümmten Körper unter den hochgeklappten Sitzen.

Erst jetzt bemerkte sie, dass dem Alten nicht nur die Kehle durchgeschnitten, sondern auch Brust und Bauch aufgeschlitzt worden waren. Blut, nichts als Blut. Auch rund um sein Hosentürl breitete sich ein großer dunkler Fleck aus.

Erschüttert wandte sie sich ab und wankte leicht benommen zurück ins Foyer.

Im Spiegel gegenüber der Kasse erblickte sie das Gesicht einer alten Frau. Die Wangen grau wie ihr zerrauftes Haar, die Lippen farblos, Angst und Entsetzen in ihren Augen.

Sie strich sich das Haar aus der Stirn. Ihre Finger waren blutbeschmiert.

Angeekelt stürzte sie aufs Klo, drehte den Wasserhahn auf und hielt die Hände unter den eiskalten Strahl.

Neben dem Waschbecken lag ein Stück Kernseife am Boden. Sie hob die Seife auf, schrubbte ihre Hände, bis sie sich röteten, wusch sich auch das Gesicht und kontrollierte ihre Kleidung. Keine Blutflecken.

Vielleicht ist die Glühbirne im Klo zu schwach? Im Foyer musterte sie sich noch einmal gründlich im großen Spiegel.

Ihr graute vor morgen früh. Milena war auf Besuch bei Verwandten in Kroatien. Der Kinobesitzerin würde also nichts anderes übrig bleiben, als in ihrem Kino selbst Putzfrau zu spielen.

Das Haus hatte ihrer Mutter gehört. Um die notwendigsten Renovierungsarbeiten bezahlen zu können, hatte sie ihre letzte, eiserne Reserve geplündert. „Das Kapitalsparbuch darfst du nicht anrühren, das ist deine Altersversorgung", klangen ihr die letzten Worte ihrer Frau Mama noch in den Ohren.

Ihre Zimmer-Küche-Kabinett-Wohnung lag im ersten Stock. Bad und Küche waren durch einen geblümten Plastikvorhang voneinander getrennt. Die Toilette hatte sie bis vor kurzem mit einer Studentin geteilt, die in der Zimmer-Küche-Wohnung nebenan hauste. Nachdem die junge Frau ihr Studium beendet hatte, schaute sie sich nach einer besseren Bleibe um. Hermine K. hatte erst gar nicht versucht, neue Mieter für die desolaten Räume zu finden, sondern benützte sie als Lager für ihre Filmutensilien und für das Gerümpel ihrer Mutter. Der zweite Stock des Hauses war unbewohnbar, diente ihr schon länger als Rumpelkammer.

Obwohl die alte Frau Karpfinger vor zwanzig Jahren sanft entschlummert war, bewahrte die Kinobesitzerin bis heute alle ihre Sachen auf. Sie brachte es einfach nicht übers Herz, sich von den wurmstichigen Möbeln und der mottenzerfressenen Garderobe ihrer Frau Mama zu trennen.

In der unbewohnten Ein-Zimmer-Wohnung sah es aus wie in einem Gruselkabinett. Zwischen einem lebensgroßen Humphrey Bogart aus Pappmaché und einer ramponierten Marilyn Monroe – eine Schaufensterpuppe bekleidet mit einem weißen Fetzen –, stapelten sich Kartons voller Zeitungsausschnitte, Autogrammfotos und vergilbter Ansichtskarten, Hüte in allen Farben und Größen, verstaubte Filmrollen und kaputte Beleuchtungslampen. Bei jedem Schritt stolperte man über ein Sammelsurium von leeren Zigarrendosen, Bonbonschachteln, Bierdeckeln und Schwedenbombenkartons. Jedes Mal, wenn Hermine K. nicht wusste, womit sie die nächste Gasrechnung bezahlen sollte, nahm sie sich vor, die Wohnung zu entrümpeln und erneut zu vermieten.

Die KARPFINGER-LICHTSPIELE nahmen das ganze Parterre eines alten zweistöckigen Hauses ein. In der Linzer Straße gab es noch eine ganze Reihe dieser typischen Wiener Vorstadthäuser. In den letzten Jahren hatte allerdings so manch schmuckes kleines Häuschen einem mehrstöckigen Neubau weichen müssen.

Hermine K. hatte sich bisher erfolgreich gegen den Abbruch ihres Hauses gewehrt. Obwohl ihre finanzielle Situation von Jahr zu Jahr trister wurde, hatte sie durchaus lukrative Angebote ausgeschlagen.

Der Kinosaal fasste hundert Leute. Hermine K. war überglücklich, wenn sie in einer Vorstellung fünfzig zahlende Besucher hatte. Das kam jedoch nur alle heiligen Zeiten einmal vor. Von Jahr zu Jahr ging es finanziell bergab. Die Einnahmen deckten oft nicht einmal die laufenden Betriebskosten.

Mord hin, Mord her, ich muss mich jetzt um die Abrechnung kümmern, sagte sich die Kinobesitzerin. Die Steuerfahnder jagten ihr mehr Angst ein als die Kriminalpolizei.

Sie setzte sich hinter die Kasse und trug die dürftigen Einnahmen ordentlich in ein großes schwarzes Buch ein. Akuter Besucherschwund. Fünfzehn zahlende Besucher in der Samstagabendvorstellung. Wenn das so weitergeht, kann ich nicht einmal die nächste Stromrechnung bezahlen.

Auch ihren Freunden schien die triste Lage bewusst zu sein. Jean Gabin blickte ernst und traurig auf sie herab. Robert Mitchum runzelte leicht verärgert die schöne Stirn. Edward G. Robinson und James Cagney dagegen hatten nur ein hintergründiges Grinsen für sie übrig.

Die alten Filmplakate, mit denen sie den kleinen Kassenraum austapeziert hatte, waren vergilbt und völlig zerschlissen. Hermine K. konnte sich jedoch nicht dazu entschließen, ihre Lieblinge gegen Robert de Niro, Al Pacino oder gar gegen Schimanski auszutauschen.

Nach einem letzten verzweifelten Blick auf ihr Kassabuch beschloss sie, dem „Café Nachtlberger" noch einen kurzen Besuch abzustatten. Trotz der winterlichen Temperaturen sehnte sie sich nach einem kühlen Blonden. Im KARPFINGER-KINO herrschte striktes Alkoholverbot. Sie hielt sich auch selbst daran. Im Eiskasten hinter der Kasse kugelten nur Coca-Cola-Dosen und Limonadeflaschen herum. Sogar Almdudler und Frucade führte sie seit einiger Zeit.

Für den Toten konnte sie sowieso nichts mehr tun. Sie wollte sich bis morgen überlegen, ob sie die Polizei verständigen oder ihn einfach verschwinden lassen sollte. Die Kriminalpolizei hatte nach den letzten beiden Morden die Presse angelockt. Und die Zeitungsleute hatten eine Menge ungustiöser Artikel über ihr Kino verbrochen. Sie war stinksauer auf diese „Schmierfinke".

Sorgfältig sperrte sie die kleine Handkasse ab, steckte den Schlüssel in ihre Rocktasche und schob die Stahlkassette in die oberste Schublade ihres Schreibtisches. Dann kletterte sie die Wendeltreppe hinauf in den Vorführraum und vergewisserte sich, dass Karl alle Lampen ausgeschaltet hatte. Der alte Operateur war ziemlich vergesslich geworden. Sie befürchtete, eines Tages abzubrennen. Vielleicht wäre das gar nicht die schlechteste Lösung? Gegen Brand bin ich wenigstens versichert, dachte sie.

Der Schalter für das Notlicht befand sich gleich neben der Saaltür. Froh, den Kinosaal nicht noch einmal betreten zu müssen, drehte sie auch das Licht im Foyer ab. Tote fürchten sich nicht in der Dunkelheit. Sie schlüpfte in ihren schäbigen Pelzmantel, setzte den neuen Hut auf und verließ das Kino.

Als sie die Glastür zusperrte, fiel ihr ein, dass sie auch die Seitenausgänge kontrollieren sollte.

2

Der Himmel über Wien war schwarz. Der Mond versteckte sich hinter den Wolken. Es hatte zu nieseln begonnen.

Feuchtkalter Novembernebel umhüllte die baufälligen Häuser in der Nachbarschaft.

Hermine K. zog ihren Hut tiefer ins Gesicht, stellte den Kragen ihres Mantels hoch und vergrub die Hände in den Taschen. „So ein Sauwetter“, schimpfte sie leise und rempelte unabsichtlich einen Mann an, der die Plakate und Fotos in den Schaukästen ihres Lichtspieltheaters studierte.

„Entschuldigung.“

Er rührte sich nicht.

Sie schenkte ihm einen zweiten Blick und erkannte ihn. Ein Besucher der Spätvorstellung. Der junge Mann war ihr nicht nur wegen seiner exorbitanten Größe aufgefallen, sondern auch, weil er fast den gleichen Hut trug wie sie. Hermine K. lächelte ihn freundlich an.

Versunken in den Anblick von Jack Nicholson, der gerade Jessica Lange über den Küchentisch legte, reagierte er nicht auf ihr Lächeln.

Die Schaukästen befanden sich neben dem vorderen Seitenausgang. Sie zögerte einen Moment, rüttelte dann doch an der Tür, hinter der, keine paar Meter entfernt, der Tote lag. Erleichtert, weil die morsche Holztür nicht nachgab, überquerte sie die Straße.

Schritte folgten ihr. Laut und selbstsicher hallten sie auf dem Kopfsteinpflaster wider. Ihre Finger in der rechten Manteltasche umklammerten den schweren Schlüsselbund. Ängstlich drehte sie sich um. Der Fremde ging knapp hinter ihr.

Die Straßenbeleuchtung war ausgefallen. Seit gestern Abend lag dieser Teil der Linzer Straße völlig im

Dunkeln. Die Koloniamänner hatten sich auch schon eine Woche lang nicht blicken lassen. Vor der „Pizzeria Rudolfo“, schräg gegenüber dem Kino, türmten sich die Mistsäcke. Im Rinnstein schwamm, was in den Plastiksäcken keinen Platz mehr fand. Bald würden sich die Ratten darüber hermachen. Ihr ekelte vor Ratten.

Plötzlich hörte sie keine Schritte mehr. Trotzdem war sie froh, als sie die vermummte Gestalt vor dem Maronistand erblickte.

Herr Bronislav schaufelte gerade glosende Holzkohlenstücke in einen schwarzen Kübel und bedeckte den Kohleofen mit einem Blechdeckel. Seine schwieligen Hände waren blaugefroren, und seine große Nase leuchtete wie ein Stopplicht über dem karierten Wollschal.

„Schluss für heute?“, fragte Hermine K.

Der serbische Maronibrater blickte auf, zog den Schal ein Stück herunter. Ein Lächeln verschönerte seine von unzähligen Narben entstellten Züge. „Guten Abend, Frau Karpfinger“, begrüßte er sie freundlich. „Möchten Sie ein paar Maroni? Ich schenke sie Ihnen, leider sind sie nicht mehr sehr warm.“

Er griff nach einem braunen Papiersack.

„Ich brauchen kein Sackerl. Sie mir geben nur zwei, drei Stück.“

Sie befreite eine lauwarme Maroni von ihrer Schale, stopfte sie in den Mund und murmelte: „Beruhigt die Leber.“

Während Herr Bronislav Klauscek, den alle der Einfachheit halber Branko nannten, den Rollladen an seinem Stand herunterließ, fragte sie ihn mit vollem Mund, ob er jemanden um ihr Kino schleichen gesehen hätte.

Er schüttelte den Kopf. „Nein, ich habe niemanden gesehen. Aber ich habe, ehrlich gesagt, nicht geschaut.“

„Geschäft gehen gut heute?“

„Leider nicht. Es ist zu kalt. Kein Mensch traut sich bei dieser Glätte auf die Straße."

„Du sehen Kino von hier?"

Herr Bronislav nickte. „Ich habe wirklich nichts gesehen. – Ist wieder etwas passiert?", fragte er besorgt.

Anstatt ihm zu antworten, stopfte sie die letzte Maroni in den Mund und verabschiedete sich: „Bis morgen, Branko, und danke für die Vorspeis."

Keine zwei Leute kamen auf diesem schmalen Streifen, der sich Gehsteig nannte, aneinander vorbei. Sie schlängelte sich zwischen parkenden Fahrzeugen durch, drückte sich an den Hausmauern entlang und ging eine enge Gasse hinauf zur Hütteldorfer Straße.

Trostlos sah es aus in den Seitengassen des vierzehnten Wiener Gemeindebezirks: Tiefe Schlaglöcher, große Pfützen, leere Gassenlokale, eingeschlagene Fensterscheiben, dunkle Hauseingänge, stockfinstere Hinterhöfe, leerstehende Fabrikgebäude, eine ehemalige Brauerei, ein aufgelassenes Stripteaselokal – die Fotos von nackten, nicht mehr ganz taufrischen Mädchen hingen noch immer in den Auslagen. In der Ferne die Lichter des neuen Gemeindebaus. Die Wohnungen waren erst vor drei Jahren, vom Herrn Bürgermeister höchstpersönlich, an die Mieter übergeben worden, die großteils fünf, sechs Jahre oder sogar länger darauf gewartet hatten. In den Dachgeschosswohnungen machte sich angeblich bereits Schimmel breit. Wie in meinem Kino, dachte Hermine K. und konnte sich eine gewisse Schadenfreude nicht verkneifen. Jung verheiratet, hatten sie und ihr Mann sich jahrelang vergeblich um eine Gemeindewohnung bemüht.

Um die Vorstadt kümmerten sich die Politiker nur vor den Wahlen. Die restliche Zeit mussten die Leute hier selbst schauen, wie sie zurechtkamen. Nicht einmal die U-Bahn fuhr bis hierher. Ab dem Gürtel musste man mit dem langsamen 52er oder mit dem nicht viel schnelleren 49er vorliebnehmen. Selbst die Konsumfiliale war vor einigen Jahren zugesperrt worden. Nur ein Greißler hatte überlebt. Die alte Frau Hinterberger machte ihren Laden jedoch nur mehr auf, wenn sie wollte, oder besser gesagt, wenn ihr krankes Herz und ihre müden Beine es erlaubten. Ihre Extrawurst war meistens graugrün, die Äpfel waren verschrumpelt, und in ihrem Mehl tummelten sich die Motten.

Hermine K. erledigte ihre Einkäufe immer Samstag vormittags in einem Supermarkt, drei Straßenbahnstationen stadteinwärts. Bei der Greißlerin kaufte sie seit Jahren nur mehr Bier und die Milch für ihren Frühstückskaffee.

Ein Wagen näherte sich mit achtzig Sachen. Ihre schwarze Schnürlsamthose und ihr Pelzmantel bekamen ein paar Spritzer ab. Sie hatte den Nerz, ein Erbstück ihrer Mutter, vor Jahren, als Mini modern war, kürzen lassen. Seit die Rocklänge wieder unters Knie gerutscht war, vor allem für Damen ihres Alters, kam sie sich richtig armselig damit vor, so als hätte das Geld nicht gereicht.

Verärgert versuchte sie mit einem Papiertaschentuch den Dreck von Hose und Mantel zu entfernen.

„Um diese Zeit sind nur mehr lauter Arschlöcher unterwegs“, sagte eine junge Stricherin, die unter dem Vordach eines Wäschemodengeschäftes auf und ab stiefelte. Hermine K. gab ihr Recht.

„Tun S’ nicht lang herumreiben, das macht alles nur schlimmer. Geben S’ die Sachen lieber in die Putzerei.“ Die Schöne der Nacht schien, trotz ihres jugendlichen Alters, bereits gewisse Erfahrungen mit rücksichtslosen Autofahrern gemacht zu haben.

3

Sissis Würstelstand war noch geöffnet. An dieser Stelle hatte früher einmal ein hübsches kleines Barockhaus gestanden. Hermine K. hatte damals, als der Abbruch bereits eine beschlossene Sache war, gegen diesen barbarischen Akt protestiert. Sie war sogar einer Bürgerinitiative beigetreten und hatte in ihrem Kino jede Menge Unterschriften gesammelt. Trotz Unterstützung der „Grünen“ hatten sie keine Chance gehabt. Der Besitzer, wohnhaft in der schönen Schweiz, war froh gewesen, dieses Sandlerparadies endlich loszuwerden.

Seit zwei Jahren gähnte hier nun eine Baugrube. Die Gerüchteküche prophezeite einen Supermarkt oder ein Bürogebäude – ein Parkhaus würde es wohl werden. Inzwischen entwickelte sich Sissis „Würstelhex“ zu einer wahren Goldgrube. Ihr Würstelstand war der einzige im Umkreis von einem Kilometer.

Die Kinobesitzerin konnte die fesche Sissi nicht ausstehen. Sie mochte keine schlanken dunkelhaarigen Frauen, vermisste an ihnen die Gutmütigkeit und Großzügigkeit, die Frauen ihres eigenen Kalibers auszeichneten. Für ordinäre Frankfurter verlangte „dieses geldgierige Luder“ einen Dreißiger und für eine Extraportion Senf noch einmal fünf Schilling. Das Brot brachte man sich am besten selbst mit. Sissis Scheiben waren meist einige Tage alt und dünn wie Löschpapier. „Guten Abend, Frau Karpfinger.“ Ein süßes falsches Lächeln, ein böser Blick. Die Antipathie war gegenseitig, auch Sissi konnte „diese präpotente Kinobesitzerin“, wie sie Hermine K. anderen Stammgästen gegenüber zu nennen pflegte, nicht ausstehen. „Was darf’s denn sein?“

„Eine Heiße, und tun Sie mir dieses Mal ein bisschen mehr Senf drauf.“ Hermine K. war nicht gewillt, fünf Schilling extra hinzulegen.

„Aber freilich, Frau Nachbarin. Süß oder scharf?“

„Einen Süßen, wie immer.“

„Darf’s vielleicht auch ein Pfefferoni sein?“

„Ja, von mir aus, geben Sie mir auch noch einen Rachenputzer.“

„Ist wieder spät geworden heute Abend?“

„Auch nicht später als sonst.“

„Es ist schon gleich halb!“

„Ja und?“

„Normalerweise machen Sie doch um zehn Schluss ...“

„Allzu viel dürfte bei Ihnen nicht gerade los sein, sonst bliebe Ihnen wohl kaum Zeit, mich zu bespitzeln.“

„Seien Sie nicht gleich so angerührt, Frau Karpfinger, ich hab’s ja nicht bös gemeint. Aber Sie haben schon Recht, das Geschäft geht schlecht. Unsere Leute hocken abends alle vorm Fernseher. Außer den Nutten und den Tschuschen kommt keiner mehr nach acht. Auf die Jugos könnt ich gern verzichten. Warum müssen die gleich immer zu viert oder zu fünft anrücken? Jedes Mal denke ich, meine letzte Stunde hat geschlagen. Die gehen mir bestimmt eines Tages an die Kassa.“

„Passiert ist Ihnen, bisher jedenfalls, nichts.“

„Nein, aber sie sind wirklich zum Fürchten. Allein wie die schon ausschauen ...

„Wie Verbrecher, ich weiß“, unterbrach sie Hermine K. „Jung sind sie halt und ein bisserl ausgeflippt. – Mein Gott, wir waren doch auch einmal jung.“

„Ihr Wort in Gottes Ohr!“

In den abbruchreifen Häusern wohnten fast nur mehr kroatische, serbische oder türkische Gastarbeiter. Manche Familien lebten schon seit Jahren hier und hatten hinter den Häusern kleine Gärten angelegt. In den Sommermonaten kauften die Österreicherinnen bei ihnen Erdbeeren und frischen Salat zu Spottpreisen. Den Rest des Jahres schimpften sie über „dieses Zigeunerpack".

Ein Betrunkener wankte auf den Würstelstand zu und bestellte stammelnd: „Eine Eitrige mit Buck...ckel und zwei Hül...Hülsen."

„Ein kleines Momenterl. – Hier, bitte schön, Ihr Burenhäutel mit extra viel Süßem."

Die Kinobesitzerin aß schnell und gierig. Sie hatte seit der Früh keinen Bissen zu sich genommen.

Sissi reichte dem Betrunkenen eine fette Käsekrainer mit einem Scherzel und zwei Dosen Bier und bestand darauf, dass er sofort bezahlte.

Er zog einen zerknitterten Hunderter aus seiner Hosentasche und murmelte: „Stimmt so."

Sogleich wurde Sissi eine Spur freundlicher und fragte ihn, ob sie ihm die Dosen aufmachen solle.

„Nein danke, Madame, das schaff ich schon alleine."

Sie wandte sich wieder dem Bildschirm ihres kleinen Fernsehapparats zu. „An sich mag ich den Fendrich, ein fescher Bursch, aber mit der Zeit werden seine Schmäh auch immer schwächer."

„Reinhard Fendrich, jetzt um halb elf?", fragte Hermine K. verwundert.

„Video!"

„Ach so."

„Hab um viertel acht keine Zeit gehabt, mir die Show anzuschauen."

„Herzbla...blatt", lallte der Betrunkene.

„Ja genau. Ist meine Lieblingssendung, obwohl er immer nur junge hübsche Pupperl bringt. Dabei gibt es gerade unter unsereins jede Menge einsame Herzen, nicht wahr, Frau Karpfinger?“

Angewidert zog Hermine K. die Augenbrauen hoch, schluckte den letzten Bissen Burenwurst hinunter, wischte sich mit der rauen Papierserviette den Mund ab und sagte: „Wenn einer in unserem Alter einsam ist, dann ist er selber schuld.“

Die junge Prostituierte verließ ihren Platz unter dem Vordach des Wäschemodengeschäftes und näherte sich der hellbeleuchteten „Würstelhex“.

Bei Licht sieht sie wesentlich älter aus, dachte die Kinobesitzerin. Außerdem hat sie den schweren schleppenden Gang einer alten Frau.

„Soll ich dir für einen Fünfziger einen blasen?“, fragte die Kleine den Betrunkenen.

Er grinste sie nur blöde an.

Sissi und Hermine K. schenkten einander einen pikierten Blick.

„Möchten Sie einen Schluck Bier? Die Wurst so trocken runterwürgen, das könnt ich nicht“, wechselte Sissi das Thema.

„Mein Bier trinke ich im ‚Nachtlberger‘.“

„Beim Schorschi, gell?“

Hermine K. hätte ihr am liebsten eine runtergehauen, zückte aber statt dessen ihr Portemonnaie und legte genau vierunddreißigfünfzig neben ihren mit Senf beschmierten Pappendeckelteller. „Auf Wiederschaun.“

„Auf Wiedersehen, Frau Karpfinger, und lassen Sie sich das Bierchen beim Schorschi gut schmecken.“

„Danke, das werde ich“, konterte die Kinobesitzerin. Diese alte Schlampe hat es auf meinen Schorschi abgesehen. Aber mit solchen Bohnenstangen hat er nicht viel am Hut. Er hat es gern etwas fester, hat gern was in der Hand, der gute alte Schorsch, dachte sie beruhigt.

4

Bierdunst strömte Hermine K. entgegen. Gelächter und lautes Stimmengewirr dröhnten bis hinaus auf die Straße.

Das „Nachtlberger“ war das einzige Lokal weit und breit, das nach Mitternacht geöffnet hatte. Offizielle Sperrstunde war um zwei. Allzu oft wurde es aber drei oder gar vier, bis der Oberkellner Schorsch, gemeinsam mit seinen letzten Gästen, das Café verließ.

Die Kinobesitzerin schob den schweren dunkelgrünen Vorhang hinter der Eingangstür beiseite und betrat das Lokal mit einem freundlichen „Guten Abend allerseits“.

„Hallo, Mimi“, grölte ein betrunkener Stammgast, mit dem sie nicht einmal per Du war.

„Servus, Mimi-Maus“, begrüßte Schorschi sie. Sein drittes Gebiss leuchtete wie eine Zahnpastareklame. „Ein Bierchen?“

„Ja, ein Seidel.“

„Warum bestellst nicht gleich ein Krügerl? Auf die Dauer kommen dich die ewigen Seidel ganz schön teuer.“

„Möcht wissen, was dich das angeht. – Mir schmeckt’s eben im Seidel besser.“

„Tschuldigen Sie schon, Frau Karpfinger, ich hab’s ja nur gut gemeint.“

„Ja, ja, ich weiß, du meinst es immer nur gut mit mir. Aber sag, was ist denn mit deinen Stimmbandeln passiert? Du hörst dich an, als hättest ein Reibeisen verschluckt.“

Er räusperte sich lautstark und krächzte: „Halsweh hab ich.“

„Hast wieder geraucht wie ein Schlot, gib es wenigstens zu.“

„Nein, ehrlich nicht. Ich hab eine Angina pectoris."

„Du weißt ja nicht einmal, was das ist", sagte Hermine K. lachend und zog ihren Pelzmantel aus.

Das „Nachtlberger" war im Winter immer überheizt. Die kleinen Kohleöfen spuckten die Wärme aus wie kalorische Kraftwerke.

„Du kannst mir den Buckel runterrutschen!" Schorschi drehte sich um und zapfte für seine Freundin besonders langsam ein kleines Bier. Zärtlich strich er mit einer Holzspachtel den Schaum weg und füllte das Glas bis zum obersten Rand. „Bitte sehr, Ihr Seidel, Madame."

„Bist heute auch nicht gerade der Schnellste."

Er hustete demonstrativ. „Ich möcht dich einmal hinter der Theke erleben, wenn alle auf einmal einen Durst kriegen. Man könnt fast glauben, je mehr sie saufen, desto durstiger werden s'."

Sie stürzte ihr Bier in zwei Zügen hinunter. „Noch eins, Schorschi."

„Du bist eine Alkoholikerin, du willst es nur nicht wahrhaben."

„Verschon mich mit deiner Moralpredigt. Gib mir lieber was zu trinken. Ich hab einen Durst."

Er schüttelte den Kopf, beeilte sich aber, ihr ein zweites Bier hinzustellen. „Warum musst du immer so viel saufen, Mimi? Ich kapier das nicht. Du bist doch eine attraktive Frau, eine Frau in den besten Jahren ..."

Hermine K. hatte sich tatsächlich gut gehalten. Zwar wirkte sie auf den ersten Blick wie eine etwas füllig gewordene Hausfrau, aber ihre dreiundfünfzig Jahre sah man ihr trotzdem nicht an. Nur ihre Beine waren etwas aus der Fasson geraten, deshalb trug sie auch jahrein, jahraus lange Hosen und bequemes Schuhzeug – flache dunkle Halbschuhe mit Einlagen. Ihre zarte, fast faltenlose Haut mit den vielen Sommersprossen und ihre kleine lustige Stupsnase ließen sie jedoch um mindestens zehn Jahre jünger aussehen. Ihr dichtes graues Haar war kinnlang. Stirnfransen verdeckten ihre spärlichen hellblonden Brauen. Sie dachte nicht im Traum daran, ihre ursprünglich rotblonde Haarfarbe wieder aufzufrischen, war heilfroh, den lästigen Spitznamen „Karotte“ endlich los zu sein.

Obwohl sie sich über das Kompliment ihres alten Freundes insgeheim freute, sagte sie: „Hör mit dem Gesäusel auf, Schorschiboy. Geh doch rüber zu deiner Sissi, die hört sich dein Süßholzgeraspel bestimmt liebend gerne an. Ich hab gerade ein Würstel bei ihr verdrückt, und sie hat mir die ganze Zeit wieder nur von dir vorgeschwärmt.“

„Lass mich mit dieser alten Pritschen in Frieden. Du weißt, dass ich sie nicht ausstehen kann. Wenn ich ihr auf der Straße begegne, wechsle ich die Seite.“ Etwas leiser fuhr er fort: „Aber ich mach mir wirklich ernsthaft Sorgen um dich, Mimi. Kein Tag ohne Alkohol, du bist eine Spiegeltrinkerin. Du hast jeden Abend deine sechs, sieben Bierchen, das ist einfach zu viel für eine Frau.“

„Die ‚Frau‘ habe ich überhört, du Chauvi! Aber vielleicht kannst du Supergscheiterl mir verraten, womit ich meinen Ärger sonst hinunterspülen soll? Von eurem gepantschten Wein krieg ich Kopfweh und vom Mineral Läuse im Bauch.“

„Was hast denn für einen Ärger? Schon wieder eine Leich?“

„Sehr witzig!“ Sie beugte sich über die Theke und flüsterte: „Ich hab wirklich wieder eine …“

„Jessasmarandjosef! Schmäh ohne?“

„Um Himmels willen schrei nicht so! Willst, dass gleich das ganze Lokal auf Mörderjagd geht, so unter dem Motto: Eine Stadt sucht einen Mörder? Eine Leiche pro Woche, wenn das so weitergeht, werde ich mein Kino bald zusperren müssen. Schon nach dem ersten Mord sind die Hälfte der Leute ausgeblieben."

„Ach deswegen bist so grantig. – Du kannst ihnen nicht verübeln, dass sie wegbleiben. Wer setzt sich schon freiwillig in ein hiniges Vorstadtkino, wo ein Wahnsinniger einen nach dem anderen abkragelt?"

Ihr war bewusst, dass er Recht hatte. Die KARPFINGER-LICHTSPIELE befanden sich in einem katastrophalen Zustand, sie schrien geradezu nach Generalsanierung. Hermine K. hatte nicht nur berechtigte Angst vor der Baupolizei, sondern befürchtete auch, dass die alte Bude eines schönen Tages einfach über ihr zusammenkrachen würde.

Das Dach war undicht. Nächsten Sommer würde sie den Freiluftlichtspielen im Augarten ernsthafte Konkurrenz machen und ebenfalls Open-Air-Vorstellungen unter dem Motto „Kino unter den Sternen" anbieten. Im Winter konnte man auf dem Dachboden Schlittschuh laufen. Und hübscher schwarzer Schimmel zierte nicht nur die Wände in ihrem Bad, sondern machte sich auch im Kinosaal breit.

Die Eingangstür war mit ordinären Graffiti geschmückt und aus KARPFINGER-LICHTSPIELE waren KARPF'N'''-LICHTSPIELE geworden. „I" und „GER" hatten sich längst verabschiedet, leuchteten einfach nicht mehr. Die vergilbten Plakate und die uralten Fotografien in den Schaukästen besaßen zwar einen gewissen nostalgischen Charme, lockten aber gewiss keine neuen Besucher an. Doch Hermine K. hatte keine Zeit, sich um solche Kleinigkeiten zu kümmern.

5

Aus den Boxen über der Theke dröhnte in unerträglicher Lautstärke „Junge, komm bald wieder".

„Würdest du bitte dieses Gejeier ausmachen", sagte Hermine K. gereizt. „Ich kann den Freddy nicht mehr hören, auch wenn er ein echter Wiener ist."

„Nur seine Mutter war Wienerin", korrigierte Schorschi sie.

„Ja, ja, ich weiß, ich kenne seine Biografie auswendig. Früher bin ich auf ihn gestanden. Aber stell ihn jetzt bitte ab, ich ertrag solchen Schmus nicht mehr. Von mir aus soll der Junge endlich untergehen ..."

„Dem Wurli den Saft abdrehen? Nein, das kann ich nicht machen. Da würden sich die anderen Gäste sauber beschweren."

„Geht's nicht wenigstens ein bisschen leiser? Meine armen Nerven ..."

„Kein Wunder, wenn in deinem Kino schon wieder einer abgekratzt ist. Ich hab gar kein Blaulicht gesehen und keine Sirenen gehört."

„Da hat es auch weder was zu sehen noch zu hören gegeben. Mein Bedarf an Polizei ist gedeckt. Hast du gewusst, dass sie mir seit neustens in jede Vorstellung einen Wappler in Zivil reinsetzen? Der von heut Abend hat nicht einmal zahlt, und seine Begleiterin wollt er auch umsonst reinschmuggeln ..."

„Über den hast du dich schon letzte Woche beschwert, gell?"

„Dieser Schauer hat den Mord natürlich auch nicht verhindert, scheint nichts mitgekriegt zu haben, obwohl sich das Drama direkt vor seinen Augen abgespielt haben muss. Wahrscheinlich liegt er längst zu Hause in seinem Bett und sieht sich den Kojak an."

„Ist das der mit dem Schlecker?“

„Bravo, Schorschi! Du schaust dir also doch hin und wieder Kultursendungen an.“

„Und was ist mit deiner Leich passiert?“

„Nichts. Was soll ihr schon passiert sein. – Ich hab den Laden einfach dichtgemacht. Morgen früh werde ich dann weitersehen.“

„Bist deppert, Mimi? Du kannst doch den Toten nicht über die Nacht in deinem Kino liegen lassen.“

„Wieso nicht? Tote schlafen fest.“

„Du bist echt leiwand.“

„Dem Alten kann es doch wurscht sein, wann er für tot erklärt wird.“

„Dem Alten schon, aber ob’s den Bullen wurscht sein wird ...?“

„Tote haben es nicht eilig, der läuft mir nicht davon.“

„Du rufst jetzt sofort die Kripo an! – Brauchst einen Schilling?“

„Morgen, Schorschi, morgen. Jetzt möchte ich erst einmal in Ruhe mein Bier trinken.“

„Du spinnst wirklich! Wenn sie dir draufkommen, landest selber im Häfen.“

„Ich werde die Kieberer gleich in der Früh verständigen, werd halt sagen, dass ich die Leiche erst beim Putzen entdeckt hab, alles genau so wie beim ersten Mal.“

„Du bist einfach nicht mehr zu retten!“ Schorschi tippte sich mit dem Zeigefinger auf die Stirn.

„Ich darf gar nicht an diese fürchterliche Schweinerei denken ...“ Angeekelt verzog sie das Gesicht und schüttelte sich. „Im Saal hat’s furchtbar nach Schweiß und Urin gestunken. Wahrscheinlich hat er sich angemacht vor Angst. Und das Blut muss wieder weggespritzt sein ..., genau wie bei den anderen beiden. Nicht einmal zugedeckt habe ich den armen Kerl, hab ihn einfach so liegengelassen mit der durchgeschnittenen Kehle und dem aufgeschlitzten Bauch. Ich hab mich nicht getraut, genauer hinzuschauen. Bestimmt hängen ihm die Gedärme raus."

„Pfui Teufel!"

„Das kannst du laut sagen. Ich schwör dir, der Francis Ford Coppola hätte dieses Blutbad auch nicht besser hingekriegt."

„Aber dein Palma schon, oder?"

„Meinst du den Brian de Palma oder den Robert Palmer? Ist eh wurscht, keiner von beiden hätte das geschafft. Wenn du willst, kannst du dich selbst davon überzeugen. Wir können ja nach der Sperrstund noch einmal gemeinsam rüberschauen."

Der Oberkellner schien nicht sehr begeistert von dieser Idee. Er kehrte ihr den Rücken zu und leerte ein paar Aschenbecher aus.

„Dass ein alter Mensch noch so viel Blut in den Adern hat! Wie soll ich den Boden bloß je wieder sauberbekommen? Drei solche Riesenflecken und alle drei in den vorderen Reihen. Kein Mensch wird sich mehr dort vorne hinsetzen wollen. Auch der Sessel ist blutdurchtränkt – echt scheußlich, sag ich dir."

„Wen hat's denn dieses Mal erwischt?", fragte Schorschi neugierig.

„Kenn ihn nicht, hab das Gesicht vorher nie gesehen."

„Hast ihn also nicht identifizieren können."

Sie starrte missmutig in ihr Bierglas und fluchte leise: „Verdammter Mist! Ich muss wirklich noch mal rüber. Kommst du mit?"

„Spinnst? Ich kann jetzt unmöglich weg, wir haben Hochbetrieb – das siehst doch."

„Ich hab nicht einmal geschaut, ob seine Brieftasche noch da ist. Vielleicht hat er irgendeinen Ausweis bei sich ..."

„Na, sag einmal, das weiß doch jedes Kind, dass man bei einem Toten zuerst nach der Brieftaschen schaut."

„Ich hab ein Hirn wie ein Nudelsieb", übte sie sich in Selbstkritik.

Ausnahmsweise widersprach er ihr nicht.

Am Tisch gegenüber der Theke saßen vier Männer und spielten Karten. Ohne ihr Spiel zu unterbrechen, riefen sie nach dem Kellner: „Schorschi, schläfst du heut?", schrie der eine.

„Wo bleibt mein Gspritzter?", rief der andere.

„Ich hab ein Krügerl bestellt, aber bracht hast mir ein pickertes Cola. Sind wir in einem Kasperltheater?", empörte sich der dritte.

Der vierte schwieg und machte den nächsten Stich.

„Nur nicht hudeln", rief Schorschi. „Bin schon unterwegs, meine Herren. – Den Wurschtel kann keiner derschlagen", sagte er lachend zu Hermine K.

„Heut Abend geht's hier wieder zu wie in einem Irrenhaus", meckerte sie.

„Die Kartentippler haben es immer eilig mit der Bestellung, und dann karteln sie seelenruhig stundenlang bei einem Bier oder einem Achtel. Aber ich muss mich jetzt trotzdem um sie kümmern."

Sie nickte verständnisvoll.

„Du verzupfst dich eh noch nicht, gell?" Er streichelte ihre Hand und schenkte ihr einen langen, sehr verliebten Blick.

Dann brachte er den Kartenspielern die Getränke und schaute ihnen eine Weile beim Tarockieren zu.

6

Das „Nachtlberger" war ein freundliches und gemütliches Café, wenn man von den Tapeten absah, die von Rauch und Küchendunst zerfressen und voll gelber Flecken waren. Auch die graue abblätternde Decke hatte dringend einen neuen Anstrich nötig, und der Parkettboden gehörte wieder einmal ordentlich eingelassen. Aber dafür blieb Milena, die auch im „Nachtlberger" jeden Morgen aufräumte, wohl kaum genügend Zeit.

Als das Café vor ein paar Jahren renoviert wurde, überzog man, dem damaligen Modetrend entsprechend, die alten Polstermöbel mit einem geblümten Stoff. Der alte beige Kunstlederbezug hatte viel besser zu den einfachen braunen Holztischen gepasst. Im Sommer war man allerdings mit den verschwitzten Schenkeln darauf kleben geblieben.

Hermine K. hatte sich bei Schorschi über das scheußliche Blümchenmuster beklagt. Auch die durchsichtigen gelbbraunen Plastiktischtücher, die neuestens die Tische schmückten, missfielen ihr. „Seid ihr denn alle Mitglieder beim örtlichen Verschönerungsverein geworden? Gratuliere, wirklich gelungen! Die sind ja richtig appetitlich kakerlgelb", hatte sie damals die Bemühungen des Kaffeehausbesitzers kommentiert.

Seither legte der Oberkellner die Plastiktischtücher nur mehr zu Mittag auf, wenn die Arbeiter und kleinen Angestellten aus der Umgebung im „Nachtlberger" schnell das billige Einser-Menü oder das etwas teurere Zweier-Menü hinunterschlangen. Abends kamen die Gäste wieder in den Genuss meist unbefleckter, gestärkter weißer Tischtücher.

Die hübschen kleinen Lampen mit den hellgelben Schirmen hatten die Renovierung überlebt. Sie spendeten reichlich warmes Licht. Jeder Tisch wurde durch eine eigene Lampe gut ausgeleuchtet.

Plötzlich spürte Hermine K. einen Ellbogen in ihrem Kreuz. Verärgert drehte sie sich um.

Knapp hinter ihr stand der große, junge Mann, dem sie vorhin auf der Straße begegnet war. Er würdigte sie keines Blickes, entschuldigte sich auch nicht für den Rempler, stand einfach nur da und starrte in den Spiegel hinter der Theke. Während sie noch überlegte, ob sie ihn ansprechen sollte, verschwand er in Richtung Toiletten. Sie sah ihm nach, folgte mit ihren Blicken den langsamen, gleichförmigen Bewegungen seines Hinterteils.

„Schorschi, komm her!"

Der Oberkellner, fasziniert von der hohen Kunst des Tarockierens, stellte sich taub.

„Bist dearisch? Dein Typ ist gefragt", schnauzte ihn einer der Spieler an.

„Na geh schon, wir mögen sowieso keine Kiebitze", forderte ihn ein anderer auf.

Leicht indigniert kehrte er hinter die Theke zurück.

„Kennst du den?", empfing ihn Hermine K. aufgeregt.

„Wen?"

„Den großen Dünnen mit dem Hut." Sie kniff die Augen zusammen und zeigte mit dem Finger zu den Toiletten. „Macht der nicht gerade irgendwelche Schweinereien?"

„Ich glaub, du siehst Gespenster ..."

„Da hinten beim Klo – der Lulatsch mit dem schwarzen Ledermantel."

„Der dünne Mann? Na was wird der schon machen? Ein kleines Spielchen halt. Wozu glaubst, haben wir uns extra einen einarmigen Banditen angeschafft? Die heutige Jugend wird ihren Frust und ihren Schoder liebend gern bei den Automaten los. Früher haben sie immer gewuzelt, während wir uns damals mit Taschenbillard oder einem echten Fetzenlaberl begnügt haben."

„Mein Gott, bin ich ein Depp! Weißt du, was ich gedacht habe? Nein, lieber nicht ..."

„Na, sag's schon?"

„Nein, ich bin total übergeschnappt."

„Was ist denn heut bloß mit dir los, Mimi-Mauserl?"

„Ich werd schön langsam verrückt, hab mir eingebildet, dass mich der Typ verfolgt, dass das so ein perverses Schwein ist, du weißt schon, ein Exhibitionist oder so was Ähnliches. Ich fürcht, ich bin echt paranoid."

Schorschi tätschelte beruhigend ihre Hand und murmelte: „Na, na ..."

„Aber ich trau mich trotzdem nicht aufs Klo, nicht solange dieser Mensch dort steht. Du musst zugeben, der sieht aus wie der Leibhaftige. – Dressed to kill."

„Was hast gesagt?"

„Der schaut aus wie der Sohn vom Michael Caine. Stell dir den mal um einen Kopf kleiner und in Frauenkleidern vor."

„Du redest heut nur Stuss daher, Mimi."

„Bitte, geh mit. Du könntest doch inzwischen eine Schachtel Zigaretten aus dem Automaten drücken."

„Ich glaub, du spinnst echt. Was soll dir denn auf unserem Klo schon passieren, außer dass du dir die Blase verkühlst."

„Hör auf, Schorschi. Ich fürcht mich wirklich vor diesem unheimlichen Kerl, er erinnert mich an den Killer aus dem Dunkel. Bitte komm ..."

„Jetzt stell dich nicht so an. Die große Detektivin macht sich vor Angst fast in die Hosen, wenn der erste Verdächtige auftaucht."

„Du bist gemein."

„Jetzt geh endlich, ich pass schon auf dich auf. Ich lass ihn nicht aus den Augen. Sobald der Hintern von diesem Vorstadtcasanova aus meinem Blickfeld verschwindet, bin ich dort."

„Okay, aber pass wirklich auf!"

Zögernd begab sie sich aufs Klo. Und Schorschi schaute tatsächlich immer wieder besorgt zur Toilettentür.

„Nichts ist passiert, der alte Schorsch hat gut auf dich aufgepasst. Alles in Ordnung, mein kleiner Angsthase?", fragte er, als sie zurückkam.

Hermine K. nickte sichtlich erleichtert. „Aber mir reicht's für heute. Ich mag jetzt nicht allein ins Kino rübergehen. Ich warte, bis das Geschäft weniger wird, und dann kommst mit, gell Schorschi?"

Gegen ihren treuherzigen Augenaufschlag war er machtlos. Er strich ihr über den Kopf und sagte: „Aber ja, du Dummerl, hab ich dich schon jemals im Stich gelassen?"

Anstatt gegen das „Dummerl" massiv zu protestieren, wie sie es bei jedem anderen getan hätte, schenkte sie ihm ein dankbares Lächeln. Schorschi war der einzige Mann, der sie manchmal wie ein dummes, kleines Mädchen behandeln durfte.

Auch nach dem ersten Mord hatte sie sich weder in ihrem Kino noch im „Nachtlberger" allein auf die Toilette gewagt. Und Karli, der alte Filmvorführer, hatte jeden Abend mit ihr im Foyer warten müssen, bis Schorschi gekommen war, sie abzuholen.

Der pensionierte Oberschulrat hatte an einem Sonntag das Zeitliche gesegnet. Damals hatte sich Hermine K. mit einer schlimmen Erkältung herumgeschlagen und war gleich nach dem Ende der letzten Vorstellung zu Bett gegangen.

7

Montagmorgen: Hermine K. betritt, bewaffnet mit Eimer, Besen und Fetzen, den Kinosaal – die Augen verquollen, die Nase gerötet, die Lippen trocken und rissig.

Es ist stockfinster im Saal. Sie schaltet die Notbeleuchtung ein. Schwaches, gelbliches Licht erhellt den Gang neben den Sitzreihen. Unter den Sitzen Abfälle.

Sie schnäuzt sich, hustet gequält und macht ihre Taschenlampe an. Ein greller Lichtkegel fällt auf Popcornreste und Limonadedosen am Rand der letzten Reihe. Stöhnend bückt sie sich, hebt das Popcorn und die zerquetschten Dosen auf und stopft alles in einen großen, schwarzen Müllsack.

„So wenige Besucher und so viel Mist!“, schimpft sie leise.

In den mittleren Reihen liegt Staub unter den Sitzen. Sie wischt mit dem feuchten Fetzen einmal drüber.

Raschelndes Papier. Der vordere Seitenausgang steht einen Spalt offen.

Hermine K. lässt Besen, Eimer und Müllsack stehen und geht zur Tür.

Auf dem Gang liegen zwei Füße. Sie stolpert darüber, landet neben den ausgestreckten Beinen. Fluchend steht sie wieder auf, reibt sich die Knie und niest lautstark.

Der Strahl ihrer Taschenlampe tastet über die schwarzen Hosenbeine hinunter zu den Füßen. Beide Füße sind verrenkt. Dunkle, hohe Schnürschuhe und helle Strümpfe. Ein Schuh liegt etwa einen halben Meter neben dem rechten Fuß. Der helle Socken hat zwei Löcher: Die große Zehe schaut raus, und die Ferse ist bloß.

Kopf und Oberkörper des Mannes sind zur Hälfte von den hochgeklappten Sitzen der ersten Reihe verdeckt.

Hermine K. richtet die Lampe auf das Gesicht. Geschlossene Augen, bleiche Wangen, rund um den Mund ein Milchbart.

„Er wird doch nicht an einem epileptischen Anfall gestorben sein?“, murmelt sie.

In seinem Hals klafft ein großer, dunkler, verkrusteter Spalt.

Sakko und Hemd sind zerfetzt und voll schwarzem Blut. Seine rechte Hand bedeckt das Hosentürl. Die Finger sind seltsam verkrampft.

Sie schreit. Das Licht der Taschenlampe flackert unruhig über die dunkelbraunen Flecken am Boden, erhellt noch einmal Brust und Bauch des Toten. Ihre Hände zittern. Die Taschenlampe gleitet ihr aus der Hand.

Sie lässt sich auf den Notsitz fallen, wischt sich mit einem Taschentuch den Schweiß von der Stirn und atmet schwer.

Nach einer Weile erhebt sie sich wieder und verlässt, torkelnd wie eine Betrunkene, den Saal.

Schnupfend und hustend schleppt sie sich zur Toilette, wäscht sich Gesicht und Hände, schnäuzt sich noch einmal herzhaft in ihr Taschentuch und geht dann zum Telefonautomaten im Foyer.

Sie wählt eine dreistellige Nummer. Zweimal wiederholt sie ihren Namen und die Adresse ihres Kinos, beim dritten Mal klingt ihre Stimme weniger zittrig. Mehrmals schildert sie den Zustand der Leiche und wird von Mal zu Mal detaillierter in ihrer Beschreibung.

Etwa eine Viertelstunde später ertönt Sirenengeheul.

Ein Polizeiauto mit eingeschaltetem Blaulicht nähert sich und hält mit quietschenden Bremsen auf dem Gehsteig vor den KARPFINGER-LICHTSPIELEN.

Ein großer, fettleibiger Polizist wälzt sich aus dem Wagen. Ein kleiner, dünner Wachtmeister stapft im Gleichschritt hinter ihm her.

Hermine K. öffnet die Eingangstür.

Die Herren führen die Rechte ans Kapperl und fragen im Chor: „Wo ist die Leich?"

„Im Saal", antwortet sie und geht voran.

Die beiden Polizisten folgen ihr.

Sie werfen einen kurzen Blick auf den toten Mann. Der Dicke zückt ein Handy, und dann läuft alles wie am Schnürchen: Kriminalpolizei, Spurensicherung, Abtransport des Leichnams, erste Einvernahme der Kinobesitzerin ...

Mit vor Fieber glänzenden Augen verfolgt sie das hektische Treiben der Beamten. „Kann ich Ihnen irgendwie behilflich sein?", fragt sie mehrmals, bekommt jedoch keine Antwort.

Am gleichen Abend im „Nachtlberger", allein an ihrem Stammtisch beim Eingang, vor sich ein Glas Jagatee, sagt sie zu ihrer Bekannten, Lotte Blasicek: „Ich weiß, dass du mit dem Oberschulrat in der Vorstellung warst. Er hat zwei Karten gekauft und eine Karte für dich an der Kasse hinterlegt."

„Ich hab doch nur dem Schurli gegenüber abgestritten, dass ich mit dem alten Oczwirk im Kino war. Der Polizei werd ich eh die Wahrheit sagen. Außerdem bin ich nur ein paar Minuten zu spät gekommen."

„Der Hauptfilm ‚Out of the past' ist bereits gelaufen, als ich dich zu den vorderen Reihen geführt hab."

„Ja, du hast Recht, aber das ist doch jetzt egal."

„Und warum bist du noch vorm Ende der Vorstellung abgehauen?"

„Weil ich mit dem Schurli im ‚Nachtlberger' verabredet gewesen bin, auch das werd ich den Bullen erzählen. Der Schorschi und der Schurli können das übrigens bestätigen." Mit unschuldigem Augenaufschlag fährt sie fort: „Ich hab den Oberschulrat einfach im Kino sitzengelassen. Stell dir vor, der ist kurz vorm Schluss eingeschlafen. Außerdem hab ich Angst gehabt, dass mich mein Spatzi erwischt. Du weißt, wie eifersüchtig er ist. Meistens passt er mich sogar vorm Kino ab und chauffiert mich dann die paar Meter rüber ins ‚Nachtlberger'. Ich wollt nicht riskieren, dass er mich mit einem Mannsbild rauskommen sieht. Selbst auf so einen alten Knacker wie den Oczwirk war er immer eifersüchtig."

Die Kinobesitzerin trinkt ihren Jagatee aus, verlässt das Café und geht nach Hause. Nachdem sie alle Kinoeingänge zweimal versperrt und die Sicherheitskette an ihrer Wohnungstür vorgelegt hat, lässt sie sich ein heißes Bad ein.

Sie schrubbt und bürstet ihren Körper, bis sich ihre Haut krebsrot verfärbt. Dann trinkt sie einen halben Liter Kamillentee, steckt sich das Fieberthermometer unter die linke Achsel – 38,6 – und legt sich mit einer Wärmflasche ins Bett.

8

Der erste Mord war in Hermine K.s Augen der schlimmste gewesen.

Die Ermittlungen der Polizei hatten zwar jede Menge Aufregungen mit sich gebracht, jedoch nichts Handfestes ergeben. Dank Hermine K. waren alle Besucher der Sonntagabendvorstellung ausfindig gemacht und aufs Kommissariat bestellt worden. Sie selbst war ebenfalls mehrmals vernommen worden, hatte aber den Beamten nicht weiterhelfen können. In der Woche danach hatte sie täglich auf dem Kommissariat angerufen und sich nach dem neuesten Stand der Ermittlungen erkundigt. Sie war mit immer kürzeren und nichtssagenderen Antworten abgefertigt worden.

Jede Menge Gerüchte machten bis heute die Runde. Angeblich suchte die Polizei nach einem Linkshänder. Die Kinobesitzerin hatte denselben Verdacht. Dem Oberschulrat war die Kehle von hinten und von rechts nach links durchgeschnitten worden.

Nach einigen Tagen war der Kinomord durch andere Grauslichkeiten von den Lokalseiten der Tageszeitungen verdrängt worden.

Eine Zeitlang war das furchtbare Verbrechen noch Hauptgespräch im „Nachtlberger" gewesen. Bald hatten jedoch auch die Stammgäste das Interesse an dieser „schrecklichen Bluttat" verloren und sich wichtigeren Themen, wie zum Beispiel der bevorstehenden Erhöhung des Bierpreises, zugewandt.

Hermine K. versuchte, die Gedanken an Mord und Totschlag zu vertreiben, und blickte sich gelangweilt um.

Neben ihr lehnten ein paar Burschen an der Theke. Sie beobachtete die jungen Leute eine Weile und bemühte sich, von ihrem Gespräch etwas mitzubekommen.

Es handelte sich um Informatik-Studenten und eifrige Kinogeher. Sie waren nicht nur heute Abend in der Vorstellung gewesen, sondern auch, als der Oberschulrat ermordet worden war. Womöglich war er einer ihrer Lehrer gewesen? Ein Lehrer, den sie bis aufs Blut gehasst hatten?

„Schorschi, wo bleibst du denn", rief sie nach dem Oberkellner, der gerade dem Sparverein am Stammtisch eine Runde Schnaps servierte.

Hustend und völlig außer Atem eilte er zu ihr. „Was willst denn schon wieder?"

„Sag, diese Computerheinis waren doch damals ... du weißt schon wann, auch hier, oder?", flüsterte sie verschwörerisch.

„Ich weiß nicht, die Studenten sehen heutzutage alle gleich aus." Er musterte die jungen Leute abfällig. „Lauter Hirnwichser!"

„Du meinst wegen ihrer Drei-Tage-Bärte und ihrer schicken, italienischen Sakkos?"

„Wieso weißt du, dass die aus Italien sind?"

„Geh, das sieht man doch auf den ersten Blick, dieser elegante Schnitt ... Zu meiner Zeit sind diese grünen NATO-Jacken modern gewesen ..."

„Und die haben dir gar nicht gefallen. Hast du's vielleicht deshalb in diesem Intelligenzler-Verein nicht lange ausgehalten?"

Sie erinnerte sich nicht gern an ihr kurzes Gastspiel an der Wiener Universität. Mit Ach und Krach und mit einem Jahr Verspätung hatte sie die Matura in einer Knödelakademie geschafft. Aber die ehrgeizige alte Frau Karpfinger hatte sich eingebildet, dass ihre einzige Tochter den ehrenwerten Lehrerberuf ergreifen müsste. Nach zwei Semestern Turnen und Englisch hatte Hermine K. das Handtuch geworfen.

„Geschnäuzt, gekampelt und fesch gesackelt gefallen dir die Herren Studenten gleich viel besser“, fuhr Schorschi fort, sie aufzuziehen.

„Sehr witzig!“

„Du wirst ganz schön gspitzt auf deine alten Tage. Meinst, weilst eine Kinobesitzerin bist, gehörst zum Establishment? Lasst deswegen auch immer deinen komischen Tschako auf? Der ist dir doch viel zu groß. Siehst denn überhaupt noch was?“

Sie besaß mindestens dreißig Hüte in verschiedenen Farben und von unterschiedlicher Fasson. Am liebsten trug sie altmodische, breitkrempige Herrenmodelle, die ihr natürlich immer zu groß waren.

Mit einem koketten Augenaufschlag nahm sie ihren schwarzen Hut ab, legte ihn auf die Theke und fragte: „Gefällt er dir nicht? Hab ich heute am Flohmarkt in der Neubaugasse erstanden, total billig, hab nur einen Fünfziger dafür abgelegt.“

„Deinem Humphrey würde er besser passen.“

„Sei doch nicht so verdammt spießig, Schorschi. Ich bin eben heut Abend inkognito unterwegs. Es muss doch nicht jeder gleich mitkriegen, wenn ich ihn beobachte.“ Sie setzte ihren Hut wieder auf. „Die Studenten haben mich jedenfalls nicht erkannt. Zwar haben sie ein paar Mal kurz zu mir hergeschaut, aber ...“

„Welcher junge Dutter erinnert sich schon an eine ältere Frau, die er hin und wieder hinter einer Kinokasse sitzen sieht.“

„Danke schön, das war sehr charmant von dir. Interessant, dass für dich eine Fünfzigjährige ...“

„Dreiundfünfzigjährige!“

„... meinetwegen, eine dreiundfünfzigjährige Frau schon eine alte Chaisen ist.“

„Älter hab ich gesagt, älter“, krächzte Schorschi. Er zog eine Tabakdose aus seiner Hosentasche, drehte sich eine Zigarette und bot auch Hermine K. seinen Tabak an.

„Du weißt doch, dass ich mir das Rauchen abgewöhnt habe.“

„Ich hab nur gedacht ... wegen all der Aufregungen ... Seit der Gesundenuntersuchung rauch ich übrigens auch viel weniger, aber hin und wieder gönn ich mir schon noch eine Selbergewuzelte.“

„Gönn dir lieber eine Halswehtablette, sonst verabschiedet sich deine Stimme gleich für immer.“

Folgsam holte er eine Tablettenschachtel unter der Theke hervor, schob sich eine giftgrüne Pille in den Mund und machte gleichzeitig einen tiefen Zug. „Ich ernähr mich eh schon die ganze Zeit nur mehr von Lutschbonbons.“

„Hast du wieder deine ganze Privatapotheke dabei?“, fragte sie belustigt, obwohl sie fand, dass er richtiggehend krank aussah. Sein Gesicht war aufgedunsen und auf seiner schweißnassen Stirn klebten ein paar Härchen. Normalerweise trug er einen Linksscheitel und das Haar straff nach hinten gekämmt.

„Wie du heute wieder ausschaust“, stöhnte sie, „gib wenigstens deine Flusen aus der Stirn.“ Seit er graumelierte Schläfen hatte, gefiel er Hermine K. noch besser. Es hatte sie allerlei Anstrengungen gekostet, ihn daran zu hindern, sich die ersten grauen Haare schwarz färben zu lassen.

„Hab ich keinen ordentlichen Scheitel?“ Schorschi warf einen kritischen Blick in den Spiegel hinter der Theke, griff dann in die Tasche seines Gilets und reichte ihr einen winzigen Kamm.

„Aber Schorschi ...“, kicherte sie verlegen, nahm aber doch den Kamm und fuhr ihm damit durchs Haar.

„Mein Gott, machst du ein Theater wegen deiner paar Härchen!“

„Müssen Sie ihn unbedingt hier frisieren? Richtig ungustiös“, beschwerte sich der angehende Akademiker auf dem Barhocker neben ihr.

Schorschi grinste seine Freundin verschwörerisch an. „Trinken wir noch ein Bier? Ich spendier uns eins auf Kosten des Hauses.“

„Von mir aus, zapf mir noch ein Seidel, damit du in Übung bleibst. Aber du solltest besser keins mehr trinken, dein Affenjankerl spannt schon ganz ordentlich über dem Bauch.“

Sie zupfte an seinem grünen Kellnerjäckchen herum und versuchte den untersten Knopf zuzumachen.

Er schob ihre Hand weg und knöpfte sich das Gilet selbst zu. „Das hab ich mir vom Leo ausgeborgt, und der ist einen ganzen Kopf kleiner als ich. Meins ist in der Putzerei.“

„Trotzdem, pass nur auf, dass du nicht eines Tages hinter der Theke steckenbleibst.“

„Jetzt kenn ich mich aber nicht mehr aus. Du schimpfst doch immer, dass ich viel zu dünn bin, und endlich mal ein bisschen Fleisch ansetzen sollt. Und jetzt stört dich auf einmal mein Gössermuskel.“

„Wenn du wüsstest, wie komisch du mit diesem Schwimmreifen aussiehst.“

„Ich lass eh schon das Mittagessen weg.“

„Typisch! Essen kannst ruhig anständig, aber die Sauferei solltest seinlassen.“ Etwas freundlicher fügte sie hinzu: „Sei nicht immer gleich angefressen, das war doch nur eine kleine Retourkutsche. Im Grunde hast du ja Recht, so eine alte Schachtel wie ich kommt nicht einmal mehr als Mordopfer in Frage.“

9

Gläser klirrten, und der Rauch hing, einer Wolkendecke gleich, in dicken Schwaden im Raum. Die Luft war zum Schneiden. Die Stammgäste des „Nachtlberger“ schien die dicke Luft jedoch nicht zu stören.

Jeden Abend das gleiche Publikum. Manche Gesichter kannte Hermine K. schon seit zwanzig Jahren. Sie hatten sich kaum verändert. Wenn man einander beinahe täglich sieht, fallen so Kleinigkeiten, wie zehn Kilo mehr oder eine fahl gewordene, runzelige Haut, nicht mehr auf. Manchmal kam einer nicht wieder, verschwand für immer, wie der Hofrat zum Beispiel.

Viele der Leute waren ihr nur vom Sehen bekannt, obwohl sie über das Schicksal jedes Einzelnen, dank ihrer Freundschaft mit dem Oberkellner, genauestens Bescheid wusste. Und die meisten Stammgäste kannten auch sie. Doch sie ließ sich die Illusion, im „Nachtlberger“ anonym bleiben zu können, nicht nehmen. Sie wusste es zu schätzen, dass man hier als Frau kaum belästigt wurde. Wenn einem nicht nach Reden zumute war, dann redete man einfach nicht. Keiner störte sich am Schweigen des anderen. Wie viele Nächte hatte sie schon schweigend an der Theke verbracht, sich mit einer Hand am Glas, mit der anderen an einer Zigarette festgehalten. Selbst Schorschi akzeptierte an solchen Abenden ihre Schweigsamkeit. Heute aber war ihr eher nach ein bisschen Ansprache zumute.

Der Oberkellner reichte ihr ein Seidel.

Sie streichelte seinen Arm und flüsterte: „Danke, mein kleiner Krankensessel. Na komm schon, Schorscherl, zieh keinen Fotz. Wir sind quitt. Lass uns wieder gut sein. Ich bin heut einfach nicht gut drauf, bin völlig am Sand. – Prost!“

„Das tät ich auch keinem raten, dass er sich an dir vergreift. Dem würd ich so eine in die Goschn hauen, dass er die Engerl singen hört. Auch wenn ich ein bisschen wampert worden bin, Kraft habe ich noch für zwei. Schließlich war ich Wiener Juniorenmeister im Weltergewicht." Er ballte seine Fäuste und tänzelte herum wie ein Profi-Boxer.

„Das ist sehr lieb von dir, aber ich brauche keinen Beschützer, ich kann mir schon allein helfen. Außerdem hat es dieser Killer anscheinend nur auf alte Knaben abgesehen. Auch der von heute Abend ist schon vorher mit einem Bein im Grab gestanden."

„Weil du immer so grausliche Filme spielst."

„Du redest genauso einen Stuss daher wie die Polizei. Nach dem zweiten Mord haben sie mir nahegelegt, mein Programm zu ändern. Kriminalfilme würden auf Psychopathen eine motivierende Wirkung ausüben, haben sie gesagt. Nachahmungseffekt, irregeleiteter Aggressionsabbau und was weiß ich, wovon dieser Polizeipsychologe sonst noch geschwafelt hat."

„Der hätt vielleicht selber nach Steinhof gehört." Schorschi tippte sich auf die Stirn.

„Ja, und zwar gleich ins Gitterbett."

„Weißt, was mich echt wundert?"

„Was denn?"

„Dass du den Täter nicht schon längst überführt hast. Du bist doch eh so eine Meisterspionin. Der Maigret wär ein Schas gegen dich, hast immer behauptet, aber dieses Mal ..."

„Du bringst wieder alles durcheinander. Maigret war kein Spion, sondern ein Kommissar und ein Frauenfeind", unterbrach sie ihn gereizt.

„Und dieser frauenfeindliche Kapazuner ist nie so auf der Seif'n gestanden wie unsere Krimineser?"

„Du sagst es. Manchmal glaube ich fast, unsere Kieberer tun den ganzen lieben Tag lang nichts anderes als Akten abstauben."

„Du meinst, die werden deinen Kinomörder nie erwischen?"

„Sicher nicht. Ich hab mich bisher rausgehalten, aber nun werd ich wohl oder übel etwas unternehmen müssen, schließlich geht es ja um mein Kino."

Schorschi musste sich wieder ums Geschäft kümmern. Einige Gäste machten bereits ihrem Unmut Luft und beschwerten sich lautstark, dass sie schon eine Ewigkeit auf ihre Bestellung warteten.

Mit einer Hand bediente er die Espressomaschine, mit der anderen riss er die Tür zur Küche auf und brüllte: „Wo bleibt der Spezialtoast, der muss doch schon längst verbrutzelt sein." Ein Teller wurde ihm gereicht. „Ich frag mich, wozu wir drei Leute angestellt haben, wenn ich auch noch an den Tischen bedienen muss. Dauernd kann ich mich zersprageln", sagte er zu Hermine K. und machte sich mit einem vollbeladenen Tablett auf den Weg ins Extrazimmer.

Die Kinobesitzerin drehte sich um und hörte den Studenten zu, die neben ihr an der Theke lehnten.

Diese unsympathischen Grünschnäbel scheinen nichts anderes als ihre taiwanesischen Blechtrottel im Schädel zu haben. Mein Godard-Film dürfte sie nicht gerade sehr beeindruckt haben, dachte sie.

„Hast du schon den tape request satisfied?"

„Gestern habe ich mich schlau gemacht."

„Die fahren auf einer LU2 einen Mist."

„Die Mikado-Leute haben gesagt, mit der EHLLAPI kommen wir nicht durch."

„Ich designe gerade meinen DDE-Server."

„Was hältst du von einem OCB?"

„Nein, das machen wir dezentral.“

„Ich bin endlich meine Bimbozitze losgeworden.“

„Was macht die Methode yourself?“

„Die kannst du an ein Objekt schicken.“

„Und die liefert dich dann als Resultat.“

„Super liefert die Oberklasse als Resultat.“

„Kofferswappen, Microsoft, MS-DOS, Smalltalk, Meta class, Pcshell, Pctools, Virus, Hardware-Fehler, Parityerror, Anti-Viren-Programm ...“

Sie verstand nur Bahnhof und begann sich zu fadisieren. Wenn die mit ihrer unappetitlichen Viren-Diskussion nicht bald aufhören, schütt ich ihnen mein Bier über ihre Fetzenschädel. Man könnte glatt Angst haben, dass sich so ein kleines Virus auch in ein Bierglas verirrt, dachte sie.

„Schorschi, bist du dir auch ganz sicher, dass dein Bier virenfrei ist?“, rief Hermine K. dann dem herbeieilenden Oberkellner zu.

„Was hast du gesagt?" Schorschi ließ das schwere Tablett mit den vielen leeren Bierflaschen und Halblitergläsern auf die Theke krachen und reichte einem gutaussehenden, elegant gekleideten Mann die Hand. „Habe die Ehre, die Herren. Danke herzlichst. Schönen Abend wünsche ich noch." Er eilte zur Tür, hielt den Vorhang auf und verabschiedete sich noch einmal mit einem gekonnten Diener. Das Scheinchen stopfte er in seine Westentasche.

Leise und mit abfällig verzogenem Mund sagte er zu Hermine K.: „Das war der Thermofratenser mit seinem neuesten Aufriss. Werden auch immer jünger seine Peitscherlbuben. Aber geizig sind sie nicht, diese Warmen, das muss man ihnen lassen, ein Zwanziger Schmattes ist immer drin."

Die Kinobesitzerin gähnte herzhaft und machte sich nicht die Mühe, die Hand vor den Mund zu halten. „Ich werde mich bald über die Häuser hauen, ich bin saumüd, und meinen Krampfadern tut diese Herumsteherei auch nicht gerade gut."

„Hast du nicht gesagt, du willst auf mich warten? Wir wollten uns doch nachher gemeinsam die Brieftaschen von deinem Toten anschauen."

„Na gut, aber stehen mag ich nicht mehr lange. Ist denn hinten auch kein Tisch frei? Kannst du nicht einmal schauen?"

„Ich war gerade hinten, alles bummvoll, da hast du keine Chance, außer du setzt dich irgendwo dazu."

Schorschi machte einen schwer beschäftigten Eindruck. Er stülpte schmutzige Gläser über die beiden fix montierten Bürsten im Abwaschbecken, bewegte sie ein paarmal auf und ab, hielt sie unter das laufende Wasser und stellte sie dann auf ein Tablett.

Hermine K. sah ihm schweigend dabei zu. Eigentlich wollte sie noch nicht nach Hause, aber im „Nachtlberger" fand sie es heute Abend ziemlich langweilig. Sie hatte keine Lust, sich das Gequatsche anderer Leute anzuhören. Der Tote in ihrem Kino machte ihr mehr zu schaffen, als ihr lieb war.

Vielleicht sollte ich doch die Polizei anrufen? Der Schorschi hat ja Recht, eine Leiche einfach verschwinden zu lassen, ist gar nicht so einfach und, abgesehen davon, auch strafbar. Selbst wenn es uns gelänge, den Alten, ohne Aufsehen zu erregen, in den Kofferraum von seinem Manta zu schaffen, wo sollten wir ihn abladen? Auf einer Müllhalde? Nein, das wäre pietätlos. Und ihn einfach irgendwo im Wienerwald verscharren geht auch nicht. Irgendwelche fanatischen Schwammerlsucher würden ihn garantiert eines Tages wieder ausbuddeln. Mir wird wohl oder übel nichts anderes übrigbleiben, als mich wieder an unsere Freunde und Helfer zu wenden.

„Unsere ‚Tigerlady' war übrigens heute auch schon da", unterbrach Schorschi ihre trüben Gedanken. „Ganz auf Dame, gestreifte Steghose, Tigerkäppchen, echt up to date, an der könntest du dir ein Beispiel nehmen."

Hermine K. grinste. Sie wusste, dass er sie nur pflanzte. Er machte sich über die alte, exzentrische Frau, die er wegen ihrer Vorliebe für schwarzgestreifte Kunstpelze „Tigerlady" getauft hatte, fast jeden Abend lustig.

Die alte Dame fiel nicht nur durch ihre extravagante Kleidung auf, sondern auch durch ihre extrem starke Schminke. Meistens sah sie aus wie ein Gespenst. Manchmal legte sie allerdings auch knallrotes Rouge auf ihre hohlen Wangen. Und ihre Perücken wechselte sie fast so oft wie ihre Unterwäsche. Sie schien jedoch eine Vorliebe für blondes Haar zu haben.

Schorschi fand, dass sie wie eine abgetakelte Hollywood-Diva aussah. Er schätzte sie auf mindestens siebzig und hielt sie für eine Tschechin, weil sie ein bisschen böhmakelte. „Sie hat auch heute wieder einen Remy Martin bestellt, sah aus, als hätte sie ihn nötig", sagte er und blickte Hermine K. vielsagend an.

„Willst du jetzt auch noch Detektiv spielen?"

Er überhörte ihre Bemerkung und begrüßte neue Gäste. „Grüß Gott die Herrschaften, was darf's denn sein?"

Der grauhaarige, ältere Herr bestellte einen Gspritzten weiß und einen Großen Schwarzen für seine jugendliche Begleiterin.

Fasziniert starrte Hermine K. das ungleiche Pärchen an. Ist das nicht der Wappler, der heute in der Abendvorstellung besser aufpassen hätte sollen, anstatt mit seiner Tussi herumzuturteln? – Natürlich, das ist er! Sie rückte ein Stück näher an ihn und seine Lolita heran.

Der Oberkellner setzte die Espressomaschine in Betrieb, wischte die Theke ab und schenkte gleichzeitig den Wein ein.

„Bitte schön, der Gspritzte für den Herrn Inspektor und der Große Schwarze für das hübsche Fräulein." Seine letzten Worte gingen in einem Hustenanfall unter.

„Deshalb brauchen Sie ihr nicht gleich in den Kaffee zu spucken", fauchte ihn der Kriminalbeamte an.

„Müssen S' schon entschuldigen ...", hustete Schorschi und nieste herzhaft.

„Eine bodenlose Unverschämtheit ..."

Hermine K. überlegte, ob sie sich einmischen sollte. Der Typ war ihr extrem unsympathisch, außerdem hatte er eine richtige Mördervisage. Und er wäre nicht der erste Polizist, der aus reiner Geldgier kriminell wurde, dachte sie.

Sowohl nach dem ersten als auch nach dem zweiten Mord in ihrem Kino hatte sie die Beamten täglich mit ihren Anrufen genervt. Ihre Bitte, auf dem Laufenden gehalten zu werden, wurde jedes Mal schroff zurückgewiesen. Inzwischen glaubte sie wenigstens zu wissen, warum. Die nette, anscheinend neue Sekretärin am Kommissariat Penzing hatte sich schließlich ihrer erbarmt und ihr unter dem Siegel der Verschwiegenheit mitgeteilt, dass die Akten über die beiden Kinomorde im Zuge der Umbauarbeiten verschwunden waren.

Kein Wunder, dass sie den Mörder noch immer nicht haben, wenn es tatsächlich einer von ihnen war. Andererseits kann ich nicht jeden Unsympathler eines Mordes verdächtigen. Aber warum eigentlich nicht? Bevor sie sich noch für oder gegen ein Verhör dieses großspurigen Gesetzeshüters entscheiden konnte, trank der Zivile seinen Gspritzten ex und verließ mit seiner minderjährigen Begleiterin, die ihren Kaffee kaum angerührt hatte, das „Nachtlberger".

Leicht frustriert fragte Hermine K. den Oberkellner: „Sitzen dort nicht meine alten Damen? Borg mir kurz deine Brille."

„Merkst du nicht, dass ich beschäftigt bin?" Er leerte den großen Schwarzen in den Ausguss.

„Deine Augengläser bitte!"

Gehorsam nahm er die Brille ab und reichte sie seiner Freundin.

Die Kinobesitzerin war seit ihrer Schulzeit kurzsichtig. Wegen ihrer altersbedingten Weitsichtigkeit hätte sie inzwischen eine Gleitsichtbrille gebraucht. Sie weigerte sich jedoch nach wie vor, eine Brille zu tragen. Im Gegensatz zu ihrem Freund, der, seitdem sie ihm einmal gesagt hatte, dass er mit Brille viel intelligenter aussehe, keinen Abend mehr ohne seine Gläser herumlief, obwohl er sie eigentlich nur zum Autofahren gebraucht hätte.

Hermine K. sah durch Schorschis Brille alles nur noch mehr verschwommen.

Schorschi behauptete oft, sie würde die hässliche Welt lieber durch einen grauen Schleier betrachten.

Als sie vor zehn Tagen die Leiche des Hofrats gefunden hatten, wäre auch er lieber kurzsichtig gewesen. Seit dem ersten Mord in den KARPFINGER-LICHTSPIELEN waren erst knapp zwei Wochen vergangen, und die Kinobesitzerin war damals täglich in den Genuss eines kostenlosen Begleitschutzes gekommen. Als dann Schorschi nach dem zweiten Mord seine Leibwächterrolle aufgab, hatte sie sich manch boshafte Bemerkung nicht verkneifen können.

11

Samstagabend: Das Café „Nachtlberger" ist gut besucht. Trotzdem macht sich der Oberkellner Schorsch auf den Weg zu den KARPFINGER-LICHTSPIELEN.

Hermine K. sitzt über der Abrechnung, als er mit einem freundlichen „Servus, Mimi-Maus" das Kino betritt.

„Bin gleich fertig", seufzt sie.

„Ich sperr derweil die Seitenausgänge zu. Wenn man die Türen nicht fest zuhaut, springen sie beim leichtesten Windstoß wieder auf."

„Danke, Schorscherl!"

Während er sich in den dunklen Kinosaal begibt, pfeift er fröhlich, aber falsch, den Radetzkymarsch.

„Mach dir Licht", ruft ihm seine Freundin nach. Schorschi dreht die Notbeleuchtung an und sperrt die hintere Seitentür ab.

Plötzlich sieht er weiter vorne dunkle Schuhabdrücke.

„Ist da jemand?", fragt er halblaut und blickt sich um. Dann folgt er den Fußspuren bis zum vorderen Ausgang. Am Rand der ersten Reihe sitzt ein alter Mann.

Sein Kopf liegt auf der rechten Schulter.

Schorschi packt ihn am Arm und rüttelte ihn fest. „Aufwachen, Herr Hofrat, die Vorstellung ist zu Ende."

Der leblose Körper kippt zur Seite. Ein graues Toupet fällt zu Boden, und das nur mehr spärlich behaarte Haupt baumelt über der Brust hin und her. Vom rechten bis zum linken Ohr klafft eine große, dunkle Wunde.

„Mimiii!", schreit Schorschi und übergibt sich.

Hermine K. kommt in den Saal gelaufen, wirft einen besorgten Blick auf ihren kotzenden Freund, schiebt ihn sanft zur Seite und beugt sich über den Toten.

Sein weißes Hemd ist blutdurchtränkt und der Krawattenknoten schwer in Mitleidenschaft gezogen.

Sie unterzieht den Leichnam einer kurzen Untersuchung, greift in die Innentaschen seiner Anzugjacke und stülpt auch seine Hosensäcke um. Ihr schwarzer Pullover bekommt ein paar hässliche Flecken ab.

„Hab ich mir doch gleich gedacht, dass sich da schon ein anderer zu schaffen gemacht hat“, murmelt sie. „Leucht mir mal, Schorscherl.“

Der Oberkellner sitzt mit geschlossenen Augen am Rand der dritten Reihe und rührt sich nicht.

„Dem Hofrat ist weder die Brust noch der Bauch aufgeschlitzt worden“, stellt sie nüchtern fest.

Sie entfernt zwei lange, helle Haare von der anthrazitfarbenen Anzugjacke des Toten und schüttelt den Kopf.

„So lange Haar hat der nimmer gehabt.“

„Vielleicht sind s' von seinem Pepi?“, stöhnt Schorschi.

Behutsam legt sie die beiden Haare wieder auf die Jacke.

„Schade, dass ich keine gescheite Ausrüstung hab. Die Haar tät ich mir gern genauer anschauen. – Komm jetzt, Schorscherl, wir müssen die Bullen anrufen.“

Der Oberkellner macht keinerlei Anstalten aufzustehen. Sie zerrt ihn aus dem Sessel, legt ihren Arm um seine Hüfte und bugsiert ihn aus dem Saal.

Vom Telefonautomaten im Foyer aus benachrichtigt sie die Polizei. Dann öffnet sie eine Dose Almdudler und reicht sie ihrem Freund, der wie ein Häufchen Elend im Drehstuhl hinter der Kasse sitzt.

„Hast nicht ein anständigeres Beruhigungsmittel?“

„Ich glaub, ich hab noch einen Marillenschnaps. Muss dich aber kurz allein lassen – schaffst du's?“

Sie verlässt das Kinofoyer durch den Notausgang, eilt im Laufschritt hinauf in ihre Wohnung und kommt ein paar Minuten später mit einer Schnapsflasche im Arm wieder zurück.

Schorschi entkorkt die Flasche, setzt sie an die Lippen und leert sie in einem Zug zu einem Viertel. Als er die Schnapsflasche absetzt und Hermine K. zurückgibt, rülpst er herzhaft.

„Magst auch?"

„Nein, lieber nicht, ich bleib besser nüchtern."

Kurze Zeit später treffen die Beamten von der Spurensicherung ein.

Die Kinobesitzerin bietet ihnen eisgekühlte, alkoholfreie Getränke und Popcorn an. Der Oberinspektor bekommt eine Tasse Kaffee kredenzt.

Die Presseleute, die kurz nach der Polizei auftauchen, fertigt sie an der Eingangstür mit bissigen Bemerkungen ab. Die Kriminalbeamten sind über das Erbrochene, das sich mit dem Blut des Toten in einer großen Lache vereint hat, nicht gerade begeistert.

„Ich hab noch nie einen Toten gesehen", versucht sich Schorschi zu rechtfertigen.

Er wird als Erster einvernommen.

„Die ‚Tigerlady' ist fast jeden Tag mit dem Hofrat, er war übrigens ein wirklicher Hofrat, im ‚Nachtlberger' gewesen. Meistens haben s' aber miteinander gestritten. Sie sind oft ganz hinten an dem Nierentischchen gesessen, den verwenden wir sonst als Zeitungsablage, nur wenn das Lokal gesteckt voll ist, benutzen wir ihn auch als Tisch. Und sie haben immer Cognac getrunken, das Beste vom Besten hat es sein müssen. Als ich dem Hofrat einmal bei der dritten Runde einen ordinären Dreistern-Weinbrand andrehen wollt, hat er gleich den Unterschied bemerkt ... Und wenn s' beide dann sternhagelvoll waren, haben sie sich ordentlich befetzt ..." Der Oberkellner zittert am ganzen Körper und bricht in Tränen aus.

„Die Ermordung seines langjährigen Stammgastes geht ihm halt schwer an die Nieren", entschuldigt Hermine K. ihren Freund.

Sie beantwortet die Fragen der Polizei knapp und präzise und verspricht, am nächsten Vormittag aufs Revier zu kommen.

Der Oberinspektor bedankt sich beim Abschied für ihre Gastfreundschaft und deutet an, dass sie vielleicht schon in zwei, drei Tagen ihr Kino wieder aufsperren darf.

„Wenn du deine Bluatoper net sofort zusperrst, red ich kein Wort mehr mit dir", droht Schorschi, sobald die Kriminalbeamten die KARPFINGER-LICHTSPIELE verlassen haben.

„Bist deppert?"

Keine Antwort.

Gemeinsam gehen sie hinüber ins „Nachtlberger" und Schorschi schluchzt: „Ich kapier's nicht, da schmusen s' mit irgend so einer Duttelfee im Kino herum und bleiben dann nicht nur allein, sondern mausetot zurück ... – und seinen Pepi hat er auch verloren ..."

Den Rest des Abends spricht er kein Wort mehr mit Hermine K.

12

Seit diesem zweiten Mord in ihrem Kino machte sich Hermine K. manchmal ernsthafte Sorgen um Schorschis Geisteszustand. Er hatte sich nach dem Schock sogar ein paar Tage Urlaub genommen und diese als trinkfester Gast im „Nachtlberger“ verbracht.

Obwohl auch sie sich einen erfreulicheren Anblick als einen alten Mann mit durchgeschnittener Kehle vorstellen konnte, hatte sie beim zweiten Toten relativ gefasst reagiert.

Die polizeilichen Ermittlungen waren, genauso wie beim ersten Mord, wieder im Sand verlaufen. Weder die blutigen Schuhabdrücke auf dem hellen Linoleumboden noch die Haare auf der Anzugjacke des Toten hatten die Kripo weitergebracht.

Kurze Zeit hatte sich der Verdacht der Beamten, wahrscheinlich aufgrund von Schorschis Aussage, auf die Tigerlady konzentriert.

Am Tag nach dem Mord war ihr die Kinobesitzerin auf dem Kommissariat begegnet. Die alte Dame hatte ihren freundlichen Gruß ignoriert, war mit gesenktem Haupt rasch an ihr vorbeigegangen. Bestimmt glaubt sie, ich hätte sie bei den Bullen angeschwärzt, ärgerte sich Hermine K. bis heute.

Anscheinend hatten die Kriminalbeamten der Tigerlady aber nichts anhängen können. Ein paar Tage später war sie wieder im Café „Nachtlberger“ aufgetaucht, hatte sich allein an das Zeitungstischchen gesetzt und einen Remy Martin nach dem anderen bestellt.

Hermine K. hätte gern mit Schorschi noch einmal in aller Ruhe über die damaligen Ereignisse gesprochen. Sein gereizter Gesichtsausdruck hielt sie jedoch davon ab.

Seinen besten Freund, der gerade das Café betrat, erkannte der Oberkellner auch ohne Brille. „Servus, Schurli! Dass du uns heute Abend auch noch die Ehre gibst. Ich hab dich, ehrlich gesagt, schon abgeschrieben gehabt."

Die Kinobesitzerin wandte sich um und begrüßte den neuen Gast ebenfalls mit einem freundlichen: „Servus."

Sie hatte noch immer Schorschis Gläser auf der Nase und musterte ihren Bekannten kritisch über den Brillenrand. „Mein Gott, wie schaust du denn aus? Hat dich der Godard so mitgenommen? – Er war heut Abend schon wieder im Kino, hat sich aber nur die zweite Hälfte angesehen", sagte sie zu Schorschi.

„Bist seit neuestens ein Krimifan? Du hast doch immer behauptet, Kriminalfilme würden dich langweilen", wunderte sich der Oberkellner.

„Das stimmt auch. Ich erleb genug Krimis auf der Straße. Wozu soll ich mir so ein blutrünstiges Zeug auch noch im Kino geben? Außerdem sind diese Geschichten sowieso alle an den Haaren herbeigezogen."

„Ja, ja, ich weiß, und damit wären wir wieder mal beim Thema!" Hermine K. ging zur Garderobe und holte sich eine Tageszeitung.

Schurli beugte sich über die Theke und sagte leise: „Hör zu, Alter, kannst nicht sagen, dass ich vorher schon einmal da war, gleich nach dem Film, nur auf einen Sprung – okay?"

„Warum ...?"

„Ich erklär's dir später. Lass mich jetzt bloß nicht im Stich."

„Ja gut, von mir aus."

Die Kinobesitzerin gesellte sich wieder zu den Männern, blätterte jedoch demonstrativ in der Zeitung.

Betont laut und in bemühtem Hochdeutsch sagte Schorschi: „Ich hab gedacht, du wolltest gleich nach Hause zu deinem holden Weib. Deinen Schlummertrunk hast du ja heute eh schon gehabt. Der Schurli war heute Abend nämlich schon einmal da, gleich nach der Vorstellung."

Hermine K. schaute die beiden Freunde verwundert an.

Schurli war hochrot im Gesicht.

„Was ist denn bloß mit dir los?", fragte sie ihn besorgt. „Du siehst aus, als wärst kurz vor einem Herzinfarkt."

Er räusperte sich lautstark und sagte dann mit seiner Fistelstimme, die so gar nicht zu seinem mächtigen Körper passte: „Ach, Mimi, mir geht's wirklich mies. Die Lotte ist spurlos verschwunden ..."

Hermine K. und Schorschi zwinkerten sich zu.

„Die Alte macht mich noch verrückt. Ihr könnt euch nicht vorstellen, was sie aufführt. Ich hackel mich blöd und krumm. Mein Kreuz kann ich bald vergessen. Die Bandscheiben, verstehst? Und meine Holde treibt sich jede Nacht herum."

„Wieso herumtreiben? Sie war im Kino, genau wie du."

„Ja, aber mit wem war sie im Kino? Nicht mit mir! Na, komm schon Mimi, eure Frauensolidarität kann mir gestohlen bleiben. Wer hat ihr denn die Karte gezahlt? Ich hab ihr kein Geld fürs Kino gegeben. Du wirst wohl nicht behaupten, dass du sie aus lauter Freundschaft umsonst reingelassen hast."

„Du hast einen Pascher, Schurli, ehrlich. Du solltest dich mal untersuchen lassen, deine Eifersucht ist echt krankhaft. Die Lotte ist allein gekommen und hat ganz normal bezahlt, wie jeder andere auch."

„Na, da haben wir's ja! Woher hat sie den Kies gehabt?"

„Was weiß ich? Vielleicht vom Haushaltsgeld abgespart?“

„Dass ich nicht lache! Keinen Groschen hatte sie mehr im Börsl. Wir haben heut früh abgerechnet, und sie kriegt erst morgen wieder was für nächste Woche. Ich geb ihr das Wirtschaftsgeld lieber wöchentlich, sonst kommt sie gar nicht ...“

„Vielleicht hat sie eigene Ersparnisse“, warf Hermine K. ein. „Sie hilft doch vor Weihnachten immer in dieser Parfümerie aus. Das Geld gehört ihr, damit kann sie machen, was sie will, das hast du selbst einmal gesagt.“

„Hältst du mich für total verblödet? Mit den paar Schilling kommt sie doch nicht einmal einen Tag lang aus. Ich verdien wirklich genug für uns zwei, aber dieses gierige Luder kann den Rachen nie voll kriegen. Hast du eine Ahnung, wie gern mein Lottchen auf den Putz haut. Ja, im Geldrausschmeißen ist sie große Klasse. Und Einkaufen ist sowieso ihre Lieblingsbeschäftigung. In unserem Badezimmer sieht es aus wie in einem Parfümerieladen ...“

„Sie ist eben ein typisches Opfer der Kosmetikindustrie“, unterbrach ihn die Kinobesitzerin erneut.

Doch Schurli befand sich jetzt in seinem Element und fuhr fort: „Auch unsere Schränke sind alle voll mit ihrem Glumpert. Das ganze Zeug landet dann eh wieder bei der Caritas. Ich bin aber nicht die Heilsarmee.“ Er schnaufte und schüttelte verzweifelt seinen roten Kopf.

„Ja, ja, die Weiber ...“ Schorschi klopfte seinem Freund beruhigend auf die Schulter.

„Mein Gott, ihr zwei seid wirklich unerträglich“, stöhnte Hermine K.

„Ich hab ein fürchterliches Gfrett mit ihr ...“, jammerte Schurli unbeirrt weiter.

„Gib mir einen Einspänner", herrschte Hermine K. den Oberkellner an und vertiefte sich in die Sportseite.

Schurlis ewige Jammerei ging mittlerweile nicht nur ihr gehörig auf den Wecker, er pflegte auch alle anderen Stammgäste des „Nachtlberger" mit seinen Eheproblemen zu belästigen. Seit sieben Jahren waren er und Lotte nun verheiratet, und genauso lange quälte er seine um einiges jüngere Frau mit seiner Eifersucht.

Zwar war sein Lottchen auch nach Hermine K.s Geschmack etwas zu lebenslustig, aber dass sie es mit diesem ewig meckernden Ungeheuer schon so viele Jahre aushielt, war in ihren Augen ein echtes Wunder. Das kommt davon, wenn sich ältere Männer um jeden Preis ein junges Pupperl einbilden, dachte Hermine K. oft schadenfroh.

Sie trank ihren Kaffee und bemühte sich, das frauenfeindliche Gelaber der Männer einfach zu überhören.

Schurli war fast so groß wie Schorschi, aber sonst hatten die beiden keinerlei Ähnlichkeit miteinander.

Dem Oberkellner sah man den ehemaligen Boxer nicht an. Er hatte ein hübsches, ebenmäßiges Gesicht, eine lange, schmale Nase und einen sensiblen Mund, während der grobschlächtige Schurli nicht nur mit einem klassischen Boxergesicht herumlief, sondern auch beinahe doppelt so breit war wie sein Freund – ein stattliches Mannsbild mit bulligem Nacken und Oberarmen wie ein Preisringer. In seinem vollen, dunkelblonden Haar versteckte sich noch keine graue Strähne, obwohl er die Fünfzig auch schon eine Weile hinter sich hatte.

13

Schorschi und Schurli kannten sich vom Boxsport-Club Hernals. Jahrelang hatten sie für diesen Arbeitersportverein geboxt. Im Gegensatz zu Schorschi, der es nicht weiter als bis zum Wiener Vizejuniorenmeister in der Weltergewichtsklasse gebracht hatte, war Schurli sogar einmal Wiener Landesmeister im Schwergewicht gewesen. Da beide Georg hießen, hatten sie sich auf Schorschi und Schurli geeinigt.

Früher hatte Hermine K. manchmal die beiden Namen durcheinandergebracht. Der empfindsame Schorschi war immer höchst aufgebracht, wenn sie ihre Spitznamen verwechselte. In letzter Zeit passierte ihr dieser Fehler nur mehr höchst selten.

„Du solltest endlich was gegen deinen hohen Blutdruck unternehmen, Schorschi." Sie verbesserte sich sogleich: „Schurli."

Aber ihrem Freund war der kleine Versprecher nicht entgangen. „Und du solltest vielleicht endlich weniger trinken, Frau Oberkommissarin, angflaschelt wirst deinen Mörder nie finden", meckerte er und wandte sich dann an seinen Freund: „Unsere liebe Mimi spielt zur Zeit Detektiv. Heut Abend hat es in ihrem Kino wieder einen erwischt. Bestimmt wird sie dich gleich verhören. Pass nur auf, dass sie dich nicht verdächtigt. Kein Wort ohne deinen Anwalt!"

Schurli war ganz blass geworden und starrte Hermine K. entsetzt an.

„Schau nicht so entgeistert. Morde stehen bei mir wöchentlich auf dem Spielplan. Aber halt den Mund! Der Schorschi findet es anscheinend besonders witzig, dass ich einen echten Killer zu meinem Stammpublikum zählen darf und muss es natürlich gleich überall hinausposaunen. Mir ist das Lachen vergangen, das kannst du mir glauben. Wenn dieser dritte Mord publik wird, bin ich ganz schön petschiert."

„Gell, da steigen einem die Grausbirnen auf", mischte sich der Oberkellner ein.

Schurli schien seine Sprache noch immer nicht wiedergefunden zu haben.

„Warst du es? Mord aus Eifersucht vielleicht?", scherzte die Kinobesitzerin.

„Ich muss gehen. Hab heut noch keinen anständigen Umsatz." Schurli legte einen Geldschein auf die Theke und sagte: „Da hab ich noch was für die nächste Halbe gut." Dann verließ er grußlos das Café.

„Sag, was ist denn in den gefahren?", fragte Hermine K. und schaute dem großen, dicken Mann kopfschüttelnd nach.

„Fertig ist er halt, kein Wunder bei diesem Weibsbild. Der flotten Lotte graust vor nichts und niemandem."

„Wie recht du hast", spottete sie.

Vor Jahren hatte Schorschi selbst einmal das Vergnügen mit der Frau seines besten Freundes gehabt. Damals waren Hermine und er noch nicht zusammen gewesen. Doch die Kinobesitzerin hielt ihm dieses Techtelmechtel bis heute vor.

„Sie ist wirklich ein Flitscherl", beharrte der Oberkellner.

„Du sei ruhig. Wer selber Dreck am Stecken hat, soll nicht über andere richten."

„Aber diese kleine Stehpartie ist doch schon verjährt. Eine Jugendsünde. Selbst der Schurli hat mir längst verziehen."

„An dein blaues Auge erinnere ich mich noch sehr gut. Recht ist dir geschehen. Von den Frauen seiner

Freunde lässt man eben die Finger. Ich hoffe, das ist dir eine Lehre gewesen."

Obwohl ihn ihr schulmeisterlicher Ton nervte, murmelte er kleinlaut: „Und ob!" Bei diesem Thema verstand seine Mimi keinen Spaß.

Der Oberkellner betonte gern, dass die Ehetragödie seines besten Freundes einer der Gründe war, warum er es vorgezogen hatte, ledig zu bleiben. Hermine K. aber glaubte zu wissen, dass sein standhaftes Junggesellendasein ganz andere Ursachen hatte. Der gute Schorschi hatte einfach Angst vor Frauen oder besser gesagt, vor einer ernsthaften Beziehung.

„Zuerst tun sie dir schön, und wenn sie dich dann endlich rumgekriegt haben, dann heißt es nur mehr hackeln und jeden Kreuzer zu Hause abliefern. Du hast ja den Schurli gehört. Und wenn du nur mehr auf allen vieren kriechen kannst, dann hauen sie dir's Hackl ins Kreuz und suchen sich einen anderen Trottel."

„Weißt du, was ich an dir so liebe, Schorscherl? Deine gute Meinung von der Damenwelt."

„Du bist anders, Mimi, du bist nicht wie die, du bist ..." Er suchte offensichtlich nach einem passenden Kompliment.

Der Oberkellner betete, ja himmelte die Kinobesitzerin seit mindestens zehn Jahren regelrecht an. Am liebsten hätte er sie auf ein Podest gestellt und mit einem Heiligenschein versehen.

„Du hast dich ja auch kein zweites Mal mehr heiraten getraut." Er schenkte ihr einen seiner berühmten Dackelblicke.

„Da hast du ausnahmsweise Recht. Mir hat das eine Mal völlig gereicht. Hätt ich doch damals bloß auf meine Mutter gehört, sie war von Anfang an gegen diese Ehe."

„Du hast einen saftigen Mutterkomplex, weißt du das?"

„Ach, halt den Mund, was verstehst du denn schon davon."

Hermine K. erinnerte sich nicht gern an ihre gescheiterte Ehe. Ihr Ex-Mann war längst wieder verheiratet und bereits zweifacher Großvater. Sie hatte keinerlei Kontakt mehr mit ihm.

Vor allem die Scheidung war eine Katastrophe gewesen. Schließlich war ihr nur das Kino ihrer Frau Mama geblieben. Zwar sprach sie nie schlecht über ihren geschiedenen Mann, erwähnte nur manchmal, dass sie einfach nicht zusammengepasst hätten, aber Schorschi wusste, dass „dieses Schwein" sie, mit Hilfe eines geschickten Anwalts, um fast all ihre Ersparnisse gebracht hatte.

„Warum habt ihr eigentlich nicht zusammengepasst?", fragte er scheinheilig.

„Wir waren einfach zu jung. Ich hatte mich gerade von der Uni verabschiedet und nichts anderes als Muttis Kino im Schädel, die Traumwelt Hollywoods, die Filme der vierziger und fünfziger Jahre ..." Ein eigentümliches Glitzern erschien in ihren Augen. „Und er war eben ein typischer Spießer, kleinkariert, sparsam, um nicht zu sagen geizig, ein Paradevertreter der Aufbaugeneration. Schaffe, schaffe, Häusle baue, aber er sah eben aus wie der junge Gregory Peck ..."

„Glaubst du nicht, dass wir beide besser zusammengepasst hätten? Ich versteh zwar auch nichts vom Kino, aber Träume habe ich jede Menge. Ich würd mir zum Beispiel gern einen neuen Wagen kaufen. Mein Manta wird es nicht mehr lange machen. Erst letzte Woche hab ich wieder über zehn Blaue in den alten Kübel reinstecken müssen. Neue Benzinpumpe, neuer Auspuff … Vielleicht sollt ich versuchen, ihn als Oldtimer zu verscherbeln."

Sie zählte die Risse in der Decke und hörte ihm nicht mehr zu. Hätte es sich um einen schicken, weißen Cadillac gehandelt, würde sie ihm vielleicht zugehört haben, aber uralte Mantas interessierten sie nicht.

Schorschi jammerte ungerührt weiter und rechnete ihr vor, wie viel ihn diese „Scheiß-Kiste" kostete. Ihr gelangweiltes Gähnen bemerkte er nicht.

14

Denkst du nicht auch, der Schurli könnte es gewesen sein?", unterbrach Hermine K. den Redeschwall des Oberkellners.

„Waaas?"

„Na, er hat vielleicht durchgedreht, ist endgültig übergeschnappt."

„Wenn da wer übergeschnappt ist, dann du."

„Wenn ich mich richtig erinnere, ist der alte Knacker heut Abend an der Kasse hinter der Lotte gestanden und hat sich eine Karte für dieselbe Reihe wie sie gekauft. Und Schurlis Eifersucht ist echt pathologisch, das musst du zugeben. Welcher normale Mensch regt sich heutzutage noch so auf, wenn sein Partner mal ein bisschen fremdgeht?"

„Sag mal, spinnst du jetzt total? Nur weil du frustriert bist, nur weil der Killer cleverer ist als du und sich von dir nicht erwischen lässt, willst den armen Schurli einitheatern? Du bist wirklich nicht mehr zu retten! Dein Ehrgeiz als Detektivin in Ehren, aber treib es nicht zu weit. Genausogut könntest du mich verdächtigen, oder ich dich." Ein Hustenanfall beendete seine Strafpredigt.

„Reg dich nicht so auf. Mein Gott, wirst du gleich hysterisch! Ich habe nur laut nachgedacht. Denken wird man wohl noch dürfen."

„So was Blödes ..."

„Schau, Schorschi, lass uns einen Augenblick vernünftig miteinander reden. Als du vorhin behauptest hast, der Schurli wäre heute schon einmal dagewesen, hast du doch gelogen. Ich hab das sofort übernasert. Außerdem hab ich genau gesehen, wie ihr miteinander getuschelt habt, während ich mir die Zeitung holen gegangen bin. Warum wollte er, dass du für ihn lügst?"

Verlegen blickte Schorschi zu Boden, griff nach einem Geschirrtuch und wischte die ohnehin saubere Theke ab.

„Ich kenne dich einfach zu gut. Du kannst mir nichts vormachen, ich seh's dir an, wenn du schwindelst."

Er murmelte irgendetwas, das so ähnlich klang wie: „Mir geht gleich das Gimpfte auf."

„Was sollte das Theater vorhin? Na, komm, Schorschiboy, du kannst auf Dauer sowieso nichts für dich behalten."

„Du gehst mir auf den Geist."

„Du mir auch mit deiner Lügerei. Rück schon raus mit der Sprache, was hat er gesagt?"

„Schau, Mimi, er wird seine Gründe haben ..."

„Ja, das glaube ich gern. Aber was er gesagt hat, will ich wissen."

„Na ..."

„Was?"

„Er wollt halt, dass ich sag, er hätt schon früher bei mir vorbeigeschaut."

„Und warum wollt er das? – Weil er ein Alibi braucht. Das ist doch logisch."

„Ich weiß auch nicht, warum. Aber es hat sicher nichts mit dem Mord in deinem Kino zu tun. Für den Schurli leg ich meine Hand ins Feuer."

„Pass nur auf, dass du sie dir nicht verbrennst."

„Der Schurli ist kein Killer, der kann keiner Fliege was zuleide tun."

„Einer Fliege vielleicht nicht ... Bei seinem Pedigree wär's jedenfalls kein Wunder."

„Hör endlich auf, Mimi, sonst krieg ich wirklich einen Gachen! Der Arme hat so schon genug Ärger, willst ihm auch noch die Kieberer auf den Hals hetzen?"

„Du kapierst wieder einmal gar nichts. Mir geht's nicht darum, den Mörder seiner gerechten Strafe zuzuführen oder wie auch immer das heißt. Ich will einfach nur wissen, wer es war. Wahrscheinlich brauch ich das – für mein eigenes Wohlbefinden sozusagen."

„Du bist zu ehrgeizig, Mimi, das ist dein größter Fehler! Du willst immer übergescheit sein. Um dir selbst zu beweisen, wie schlau du bist, gehst über Leichen, verdächtigst sogar einen alten Spezi."

„Er ist dein Freund, nicht meiner."

„Sag bloß, er hat sich dir gegenüber nicht immer freundschaftlich verhalten. Er spricht nur in den höchsten Tönen von dir, meint, ich wär deiner gar nicht würdig ..."

„Ach so, sagt er das?" Sie fühlte sich sichtlich geschmeichelt. „Er ist kein schlechter Kerl, aber wie du vorhin selbst gemeint hast, so eine flotte Lotte kann einen Mann schon zur Verzweiflung bringen." Missmutig runzelte sie die Stirn und zog ihren Hut noch tiefer ins Gesicht.

„Ein Trottel ist er, das hab ich ihm schon hundertmal gesagt. Ein paar Anständige auf den Arsch, und sie würd sich diese Herumflirterei bald abgewöhnen."

„Keine Gewalttätigkeiten. Du weißt, ich hasse Männer, die ihre Frauen schlagen."

„Ich mein's ja nicht so, aber eine harmlose Watschen hat noch keinem geschadet."

„Dich möchte ich nicht geschenkt!"

„Was hat denn das mit uns zu tun? Die Lotte ist ein echter Nudelfriedhof, sagen wir's doch, wie's ist. Sie treibt's mit jedem, der ihr ein Viertel zahlt. Mir brauchst nichts erzählen, ich hab oft genug gesehen, wie sie mit den alten Schleimis herumgeschäkert hat. Ein Viertel nach dem anderen hat sie ihnen abgeluchst."

„Warst leicht eifersüchtig? Ich kann übrigens Leute nicht leiden, die sich ständig über andere das Maul zerreißen. Du würdest gut zur Sissi passen, die hat auch nichts anderes im Schädel, als Leut auszurichten."

Schorschi zog sich beleidigt zurück und betätigte sich als Gläserwäscher.

„Trotzdem wüsste ich gern, warum der Schurli vorhin gelogen hat."

Ein Glas musste dran glauben.

Sie grinste schadenfroh.

„Lass mich mit deinen blöden Verdächtigungen in Frieden! Warum suchst du dir nicht einen Job bei der Kripo", fauchte er und fischte die Scherben aus der Abwasch.

Für Hermine K. war dieses leidige Thema noch lange nicht beendet. Aber sie wusste, dass es jetzt keinen Sinn hatte, weiterzubohren. Der liebe Schorschi konnte verdammt stur sein, schließlich war er im Zeichen des Widders geboren.

15

Im Wetterbericht hatten sie Schneeregen angekündigt. Bisher hatte es nur geregnet. Als der Taxifahrer zu seinem Wagen ging, fielen dicke weiße Flocken vom Himmel.

Fluchend stapfte er durch den Schneematsch. Die Winterreifen für sein Taxi lagen in seiner Werkstatt, draußen in Simmering. Dort lagen sie gut.

Er hatte den Wetterfröschen von der Hohen Warte nicht getraut. Sie irrten sich zu oft mit ihren Prognosen. Doch dieses Mal hatten sie ausnahmsweise Recht behalten.

Ihm graute vor der nächtlichen Rutschpartie, und mindestens ebenso sehr graute ihm vor morgen früh. Wie jedes Jahr beim ersten Schneefall würde die ganze Stadt wieder im Verkehrschaos ersticken. Die Wiener, und vor allem die städtische Schneeräumung, hörten prinzipiell nicht auf Wettervorhersagen.

Sein weißer Mercedes, Baujahr 89, sprang nicht gleich an. Seit er die Gasanlage eingebaut hatte, gab es bei winterlichen Temperaturen öfter Probleme mit dem Anlasser. Er zog den Choker und wartete, bis sich der Motor warmgelaufen hatte.

Die halbgefrorenen Flocken tanzten im Scheinwerferlicht.

Er schaltete die Scheibenwischer ein, fuhr bis zur nächsten Verkehrsinsel stadteinwärts und wendete auf der leeren Straße.

Über Funk wurde gerade eine Warnung für die Kreuzung Linzer Straße/Hütteldorfer Straße durchgegeben.

Die Bullen könnten sich ruhig wieder mal was Neues einfallen lassen, dachte er. Seit Tagen passten sie dort um Mitternacht selbstmörderische Raser ab.

Der schwere Mercedes geriet ins Schleudern. Trotz besseren Wissens trat er heftig auf die Bremse, verriss den Wagen und brachte ihn erst knapp vor der Eingangstür des „Nachtlberger" zum Stehen.

Als er ausstieg, zitterten seine Knie.

Das dunkle Etwas, das ihm vor die Räder gelaufen war, schien wie vom Erdboden verschluckt.

„Mörder, Tierquäler ...!" Das hysterische Gekreische der Frau am Straßenrand fuhr ihm durch Mark und Bein. Mit erhobenen Fäusten kam sie auf ihn zu. Dicke Tränen liefen über ihre Wangen. Sie schlug wild um sich, traf seine Brust.

„Depperte Fuchtel", schimpfte er, hielt seine Hände schützend vors Gesicht und duckte sich. Erst jetzt erblickte er den kleinen, bebenden Körper neben seinem Wagen.

Er bückte sich, hob den winselnden Dackel auf. Blut tropfte auf seine Hände. Er störte sich nicht daran, drückte den weichen Körper fest an sich und sagte leise und den Tränen nahe: „Ich bring ihn zu einem Tierarzt. Kennen Sie einen in der Nähe?"

Schurli war ein großer Tierfreund. Wenn es nach ihm gegangen wäre, hätten mindestens ein Hund oder ein paar Katzen und ein Kanarienvogel etwas Leben in seine sechzig Quadratmeter große Genossenschaftswohnung gebracht. Doch seine Frau war strikt gegen Haustiere aller Art. Sie behauptete, allergisch gegen Tierhaare zu sein.

Die Alte war verstummt, stand wie versteinert da, nur die Tränen liefen ihr nach wie vor übers Gesicht.

„Sein Herzerl pumpert noch. Er wird schon wieder. Wie heißt er denn, der Kleine?", fragte der Schurli mit samtweicher Stimme.

„Waldi", seufzte sie herzzerreißend, riss ihm das Tier aus den Armen und stürzte davon.

Er überlegte, ob er ihr folgen sollte, besann sich dann aber darauf, dass er heute Nacht noch Wichtigeres zu erledigen hatte. Ich kann es mir einfach nicht leisten, noch mehr kostbare Zeit zu verplempern, dachte er und stieg in seinen Wagen.

Über Funk wurde gerade eine private Bestellung ausgerufen.

Die Schinaweisgasse lag nicht weit weg. Trotz der miesen Straßenverhältnisse hätte er die siebenminütige Anfahrtszeit locker in fünf Minuten geschafft, doch er überließ die Fuhr einem Kollegen.

Obwohl ihm das Gequatsche der Damen von der Zentrale gehörig auf die Nerven ging – er gehörte nicht zu den Taxifahrern, die sich mit anzüglichen Schmähs und ordinären Witzen die einsamen Nächte vertrieben –, schaltete er sich jetzt in das Privatgespräch der Funkmädchen ein.

„Wagen 886, Zentrale bitte melden."

„Ja, hier Zentrale, was kann ich für Sie tun?"

„Leider gar nichts, Schatzi. Ich muss noch raus zum Flughafen. Stammkundschaft. Und dann mach ich Schluss für heute. Ich klink mich aber jetzt schon aus, mein Fahrgast will in Ruhe ein Nickerchen machen."

Auch wenn mich die Weiber oft für blöd verkaufen wollen, ich bin nicht auf der Nudelsuppe dahergeschwommen, dachte er stolz.

„Süße Träume wünsche ich", krächzte es über Funk.

Ausnahmsweise einmal ganz zufrieden mit sich selbst, schaltete er das Gerät ab.

Die Heizung wollte nicht so recht funktionieren. Er hatte in den letzten Tagen keine Zeit gehabt, sich das Problem genauer anzusehen. Fluchend rieb er sich die klammen Hände. Der Wagen geriet ins Rutschen. Langsam und bedächtig brachte er ihn zurück in die Spur.

Der Vollmond hatte sich endgültig hinter dichten Wolkenfetzen verabschiedet. Geheimnisvoll verschleiert ruhte die Linzer Straße ganz still in Nacht und Nebel, wie eine Straße auf entlegenem Land.

Doch plötzlich erfassten die Scheinwerfer seines Wagens die „Würstelhex“. Der schäbige Würstelstand erstrahlte in vollem Glanz. Schurli wurde noch langsamer und bog bei der nächsten Gasse rechts ab. Die Buchriesergasse war eine Sackgasse.

Mit zitternden Händen zündete er sich eine Zigarette an. Zog genüsslich den Rauch ein und beobachtete die Schneeflocken, die auf der Windschutzscheibe seines Mercedes wässrige Spuren hinterließen. Geduldig wartete er, bis Sissi die Rollladen an ihrem Würstelstand hinunterließ.

Kurz danach hörte er den Motor ihres Volkswagens aufheulen.

Warum müssen Frauen bloß immer Gas geben wie bei einem Formel-I-Start? Dabei fährt sie bestimmt eh nur die paar Meter rüber ins „Nachtlberger“, wunderte er sich.

Erst als die roten Lichter des Golfs hinter dem nächsten Hauseck verschwanden, dämpfte er die Zigarette aus, ließ seinen Wagen im Rückwärtsgang die Gasse hinunterrollen und fuhr weiter stadtauswärts, Richtung KARPFINGER-LICHTSPIELE.

16

„Schau dir meine alten Damen an, die haben sich nach der Vorstellung sogar noch umgezogen, sehen sie nicht richtig ladylike aus“, sagte Hermine K. zu Schorschi, der noch immer Gläser abspülte. Seine routinierten Handbewegungen schienen sie etwas zu irritieren. Verlegen wandte sie den Blick ab.

„Diese alten Schreckschrauben haben wirklich einen ordentlichen Dachschaden.“

„Sind so richtige Nachteulen, die beiden.“

„Na ja, so viel tut sich in ihrem Leben auch nicht mehr. Außerdem waren sie nach diesem Tschingbumfilm wahrscheinlich viel zu aufgeregt, um gleich schlafen zu gehen.“

„‚Außer Atem‘ ist kein Tschingbum- oder Brutalofilm.“

„Ich will mich nicht schon wieder mit dir streiten.“

„Na, wenn’s wahr ist.“

„Dass sich die zwei nicht fürchten …“

Hermine K. hatte keine Lust, auf seine unqualifizierten Äußerungen näher einzugehen. „Hoffentlich werden sie auch nach dem dritten Mord noch kommen. Auf mein Stammpublikum kann ich nicht so leicht verzichten.“

„Die stehen genauso auf Krimis wie du, gell?“

„Ja, und sie kennen sich in diesem Genre fast ebenso gut aus wie ich. Es ist wirklich erstaunlich, dass sie noch mitreden können, wenn es darum geht, ob der Hitchcock mit der schönen Grace Kelly ein Pantscherl hatte, bevor sie den Fürsten geheiratet hat, oder ob Humphrey Bogart nicht doch ein verkappter Kommunist war. Mit dir kann ich ja leider über so was nicht reden.“

„Ich weiß, ich bin dir zu ungebildet.“

„Ja, du bist und bleibst ein Nebochant. Weil du eben nie ins Kino gehst …"

„Kannst du mir sagen, wann ich gehen sollt, wo ich jeden Tag um sechs zum Arbeiten anfangen muss? Und mit meinem einzig freien Abend weiß ich mir halt was Besseres anzufangen, als mich in deine Bluatoper reinzusetzen, da mach ich's mir lieber in meinem Patschenkino bequem. Allein wenn ich nur daran denk, wie ich mich durch die engen Sitzreihen wuzeln müsst, um dann zwei Stunden auf einem harten Holzsessel zu hocken und nicht zu wissen, wohin mit meinen Füß …"

„Trägst dein Geld lieber zu den Weibern am Gürtel. Wahrscheinlich taxierst sie eh nur vom Auto aus und kassierst reihenweise Strafmandate von den feschen Duttelsheriffs. Aber das geht mich ja nichts an. Solange deine Hämorrhoiden gegen das stundenlange Herumkutschieren nichts einzuwenden haben …"

„Halt's …" Er sprach den Satz nicht zu Ende.

„Pass nur auf, dass du dir nichts holst. Hast eigentlich schon mal einen Test gemacht?"

„Bist etwa eifersüchtig?", fragte er mit glänzenden Augen.

„Ich und eifersüchtig? Dass ich nicht lache!"

„Hat sich aber fast so angehört. – Du willst mich ja nicht. Hast dich über meine Anträge immer nur lustig gemacht. Ich bin auch nur ein ganz normaler Mann. Zwar schau ich nicht gerad aus wie der junge Marlon Brando, aber rein von den Muskeln her, könnt ich's mit dem leicht aufnehmen." Schorschi krempelte einen Hemdsärmel hoch, spannte seinen Oberarm an und forderte sie auf. „Da, fühl mal."

„Hör auf, du wirst peinlich, merkst das nicht?"

„Wenigstens bin ich nicht so blad worden wie dein Schwarm. Wie der als Pate grauslich ausgeschaut hat, nicht nur, dass ihm die Fetten bis zum Schwanz runterhing, auch seine Glatzen war unübersehbar. Echt zum Abgewöhnen. – Pfui Teufel, sag ich nur!"

„Aber in ‚Freshman' war er wieder Spitzenklasse!"

„In diesen fetten Opa bist bis heut verknallt, gib's zu. Liebe macht halt blind. Ich seh's ja bei mir selbst ..."

„Ich denke, dieses Thema haben wir bereits zur Genüge besprochen", unterbrach sie ihn scharf.

„Außerdem könnt der Marlon Brando glatt dein Vater sein. Ich glaub fast, du hast nicht nur einen Mutterkomplex, sondern auch einen gehörigen Vaterkomplex."

Schorschi krempelte seinen Hemdsärmel wieder runter, kramte schweigend in seiner schwarzen Geldtasche, nahm einen Fünfer raus und ging zur Musikbox.

Als er zurückkam, grinste er von einem Ohr zum anderen und sang laut mit: „Ohne Krimi geht die Mimi nie ins Bett, nie ins Bett ..."

„Leiser, Schorscherl, leiser bitte, ich bin ja nicht dearisch."

„Wie lange soll ich denn noch auf meine Melange warten?", fuhr einer der Studenten den Oberkellner an.

„Ist schon unterwegs." Schorschi stellte dem jungen Mann die Tasse so schwungvoll hin, dass die Hälfte des Kaffees überschwappte.

Der Student wagte nicht, sich ein zweites Mal zu beschweren.

„Diese Bumsen ist ja wirklich das Letzte. Nächstes Mal gehen wir woanders hin", murmelte einer der anderen Studenten.

Schorschi strahlte Hermine K. an wie ein jugendlicher Held. „Was machst du jetzt? Bleibst noch ein bisschen oder haust dich in die Harpfen?"

„Mit einem Krimi? Da wüsste ich mir was Besseres."

„Ich auch“, seufzte er sehnsüchtig und schenkte ihr einen schmachtenden Blick.

„Gib es auf, Schorschiboy, es ist sinnlos, wir sind einfach zu alt für solche Spielereien.“

„Ich spiel nicht mit dir, ich meine es ernst.“

„Vor allem, solange ich nein sage.“

„Weißt du, wie oft ich dir schon einen Heiratsantrag gemacht hab? Mindestens zwanzigmal.“

„Einundzwanzig Mal!“

„He, du hast sie dir ja doch alle gemerkt!“, rief er hocherfreut.

„Süßer Wahn! – Das war ein Schmäh, du Depp. Ich hab keine Ahnung, wie oft du in den letzten Jahren angesäuselt warst und dir eingebildet hast, ausgerechnet mit mir in den heiligen Stand der Ehe treten zu müssen. Auf jeden Fall war es ein paarmal zu oft.“

„Kannst du mich nicht einmal, ein einziges Mal nur, beim Wort nehmen?“

„Nein, das ist wirklich zu viel verlangt. Dein Lavendelschmäh zieht eben nicht bei mir. Und jetzt hör auf!“

Gekränkt beklagte er sich, dass sie immer so gemein zu ihm wäre und ihn nie ernst nehmen würde.

Insgeheim gab sie ihm Recht. – Späte Rache? Vielleicht trage ich ihm sein Versagen vor fünf Jahren bis heute nach, fragte sich Hermine K.

Ihre Bekanntschaft war erst ein paar Wochen alt gewesen. Sie waren einige Male miteinander Essen gegangen und hatten einige lange Nächte gemeinsam an der Theke des „Nachtlberger“ verbracht. Er dahinter, sie davor. Und an einem lauschigen Frühlingsabend, am Abend vor seinem Geburtstag, hatte Schorschi dann Hermine K. noch auf ein Gläschen Slibowitz in seine Junggesellenwohnung eingeladen.

Leicht beschwipst hatte sie eingewilligt, obwohl es nicht zu ihren Gewohnheiten gehörte, männliche Bekannte nach Hause zu begleiten. Aber dieser gutaussehende Oberkellner hatte es ihr angetan. Sie besaß eine gewisse Schwäche für große, dunkelhaarige Männer. Außerdem erinnerte er sie fatal an Cary Grant.

17

Sonntagabend: Ein ungewöhnlich warmer Abend im März.

Hermine K. und Schorschi spazieren Hand in Hand die äußere Mariahilferstraße entlang. Alle paar Meter bleiben sie stehen und küssen sich. Er flüstert ihr immer wieder anzügliche Komplimente ins Ohr. Sie drückt daraufhin nur verschämt seine warme Hand.

Schorschis vierunddreißig Quadratmeter große Ein-Raum-Wohnung liegt im ersten Stock eines alten Zinshauses in der Arnsteingasse, unweit des Westbahnhofs. Auf der Pawlatschen vor seiner Wohnungstür steht allerlei Gerümpel herum: ein kaputtes Radio mit heraushängenden Drähten und jede Menge Kabel, eine alte Waschmaschine, Berge von Altpapier, ein Billa-Sackerl voller Abfälle, ein leerer Vogelkäfig, und in einer verrosteten Gießkanne sprießt und gedeiht das Unkraut.

Interessiert betrachtet Hermine K. diese Idylle. Sie denkt an ihre eigenen vier Wände und fühlt sich sogleich heimisch.

Schorschi missversteht ihr Lächeln und komplimentiert sie rasch in seine Wohnung.

Die Garçonnière ist sehr dunkel, das einzige Fenster geht auf einen Hinterhof hinaus. Und im Frühjahr und im Sommer nimmt ihm ein alter Kastanienbaum das ohnehin spärliche Sonnenlicht weg.

Da Schorschi das Zimmer eigentlich nur zum Schlafen benützt, stört es ihn nicht besonders.

Er hat diese Einladung schon Tage vorher geplant und sich sogar einen Abend freigenommen, um ein bisschen Ordnung in sein häusliches Chaos zu bringen.

Seine schmutzigen Socken und Unterhosen, die üblicherweise auf dem Boden und auf der Ausziehcouch herumliegen, hat er einfach in den Müll geschmissen. Genauso ist er mit dem Geschirr verfahren, das seit Wochen in der Abwasch gelegen und einen säuerlichen Geruch verbreitet hat. Die Lebensmittelreste, die in seinem Kühlschrank und in der Kredenz vor sich hin schimmelten, sind ebenfalls in den Mistkübel gewandert.

Er hat sogar daran gedacht, sein Gangklo zu putzen und den verstaubten grauen Teppichboden mit einem hochgiftigen Schaum zu reinigen. Der ganze Raum riecht seither nach Spital. Und Schorschi hat, trotz weit geöffneten Fensters, nächtelang nicht schlafen können.

Als Hermine K. seine Wohnung betritt, fällt ihr dieser scheußliche Putzmittelgestank sofort auf. Außerdem entspricht die kleinbürgerliche Einrichtung, im Stil der 50er Jahre, nicht unbedingt ihrem Geschmack. Nachdem sie sich kurz umgesehen hat, konstatiert sie nüchtern: „Fenster zum Hof."

Schorschi schüttelt nur verständnislos den Kopf.

Ihr erstes Tête-à-tête steht also von Anfang an nicht gerade unter einem glücklichen Stern.

Der hübsche Oberkellner stellt sich noch dazu denkbar ungeschickt an. Während sie auf seiner penetrant nach Reinigungsschaum riechenden Ausziehcouch Platz nimmt, läuft er wie ein aufgescheuchtes Hendl in dem vollgeräumten Zimmer herum.

Zwar hat er Schnaps und Gläser bereits Stunden vorher auf den Couchtisch gestellt, doch die Gläser erscheinen ihm plötzlich nicht sauber genug. Vergeblich hält er nach einem wirklich sauberen Stamperl Ausschau, greift nach einem Geschirrtuch, das längst reif für die Schmutzwäsche ist, und verschmiert damit die reinen Gläser.

Hermine K., ebenfalls ziemlich nervös, kann sich ein kleines Lächeln nicht verkneifen.

Ihr Lächeln macht ihn erst recht konfus. Er stürzt zu seinem Plattenspieler, legt den Donauwalzer auf, gespielt von den Wiener Philharmonikern, dirigiert von Willi Boskovsky – das absolute Glanzstück seiner kleinen Plattensammlung – und zerkratzt natürlich prompt mit der alten Nadel die Anfangspassage.

Fluchend und schwitzend lässt er sich dann neben ihr auf die Couch fallen und wiederholt mehrmals, dass sie es sich doch endlich ein bisschen kommod machen solle.

Hermine K. zündet sich eine Marlboro nach der anderen an und bemüht sich, ein möglichst unverfängliches Gesprächsthema zu finden.

Schorschi, der sonst nicht gerade mundfaul ist, bevorzugt an diesem Abend die Rolle des stillen Trinkers. Er trinkt fast die ganze Flasche Slibovitz allein und gibt ihr nur einsilbige Antworten.

Als er sich, so gegen drei Uhr morgens, genügend Mut angetrunken hat, fällt er über sie her, reißt ihr die Bluse vom Leib und scheitert, wie ein blutiger Anfänger, an den vielen Häkchen ihres Büstenhalters.

In weiser Voraussicht hat sie sich die rosa Spitzenunterwäsche gleich in zweifacher Ausfertigung angeschafft. Seit Tagen läuft sie in der Erwartung, sich dem feschen Oberkellner endlich darin präsentieren zu können, in dieser sündhaft teuren Wäsche herum.

Die Kombinäsch ist eindeutig eine Fehlinvestition, denkt Hermine K. verärgert, als Schorschi sie auffordert, sich des raffiniert geschnittenen BHs selbst zu entledigen.

Und ihr hysterischer Lachkrampf beim Anblick seiner kleingemusterten Boxer-Shorts trägt sicherlich auch nicht dazu bei, seine Männlichkeit am Leben zu erhalten. Als sie endlich halb ausgezogen neben- oder mehr übereinander auf der schmalen Couch liegen, passiert nichts mehr. Nicht einmal ihre Küsse, die ebenfalls nicht gerade sehr enthusiastisch sind, erwecken seine Leidenschaft aufs Neue.

Eine gute halbe Stunde plagen sie sich miteinander ab. Der arme Schorschi beteuert immer wieder, dass ihm noch nie im Leben solch eine Blamage passiert sei. Dennoch fühlt sie sich zu wenig begehrt. Anstatt ihm ein paar Stunden Schlaf zu gönnen und ihm nachher noch eine zweite Chance zu geben, springt sie plötzlich auf, zieht sich an und verlässt grußlos und fluchtartig seine Wohnung.

Er versucht sie zurückzuhalten, fleht sie richtiggehend an zu bleiben. Als er einsieht, dass all sein Bitten nichts nützen wird, gibt er ihr ein paar sehr verletzende Worte mit auf den Weg.

18

Nach diesem Fiasko waren sie sich einige Monate lang aus dem Weg gegangen. Hermine K. hatte das Café „Nachtlberger" gemieden und war Stammgast im „Santoria Espresso" in der Penzinger Straße geworden, das leider bereits um Mitternacht sperrte.

An einem strahlend schönen Sommertag war dann Schorschi mit einem riesigen Blumenstrauß in den KARPFINGER-LICHTSPIELEN aufgetaucht und hatte ihr einen Heiratsantrag gemacht – seinen ersten. Sie hatte diesen und auch alle folgenden abgelehnt, sich jedoch zu einem Abendessen beim Chinesen nebenan überreden lassen.

Den ganzen Abend lang hatten sie kein Wort über die leidige Nacht verloren und auch später nie mehr darüber gesprochen. Aber sie waren Freunde geworden an jenem Abend – gute Freunde.

Heute musste Hermine K. lachen, wenn sie an die verunglückte Liebesnacht dachte, obwohl ein kleiner Rest von Bedauern in ihrem Lachen mitschwang. Das Leben war zu hart, um sich allein damit abzuquälen. Vielleicht war es doch ein Fehler gewesen, seine Heiratsanträge abzulehnen? In ihrem Alter fand man kaum mehr einen passablen Mann. Und irgendeinen senilen Witwer trösten oder zu Tode pflegen war nicht gerade eine sehr verlockende Aussicht.

Nach ihrer Scheidung hatte sich die Kinobesitzerin in ein paar sinnlose Affären geflüchtet. Ihr angeschlagenes Selbstwertgefühl hatte dringend aufgepäppelt werden müssen. Doch in letzter Zeit interessierte sie sich kaum mehr für Männer. Eigentlich war sie dem Oberkellner in all den Jahren treu geblieben, abgesehen von zwei kurzen Abenteuern, die der Erinnerung nicht wert waren: eine besoffene Geschichte im Fasching vor drei Jahren mit einem verheirateten SPÖ-Bezirksfunktionär. Und ein paar Stunden in einem kalten Hotelbett mit einem Freund und früheren Arbeitskollegen ihres geschiedenen Mannes, der gern den Witwen- und Waisentröster spielte, obwohl er angeblich glücklich verheiratet war und sechs Kinder produziert hatte. Sie konnte sich lange nicht verzeihen, dass sie dem Drängen dieses Schürzenjägers nachgegeben hatte.

Da war Schorschi schon ein anderes Kaliber. Seine Ausflüge zum Gürtel störten sie wenig, im Gegenteil, sie sprachen in ihren Augen eher für seine Männlichkeit. Irgendwo musste sich ein Mann ja abreagieren.

Mit zärtlicher Stimme sagte sie: „Sei keine Mimose, Schorscherl. Wenn du auf deine alten Tage noch unbedingt eine Frau unglücklich machen willst, warum probierst du es dann nicht bei der rassigen Sissi oder bei meinen alten Damen? Die Gachblonde wär sicherlich nicht abgeneigt."

„Willst mich verarschen?" Er verzog angewidert das Gesicht. „Die Sissi würd ja wenigstens noch altersmäßig zu mir passen, aber ich steh eben nicht auf so Schmalpickte. Diese beiden Wasserleichen sind jedoch eine echte Zumutung. Kennst du diese zwei welken Hutblumen eigentlich schon länger?"

„Wie man Nachbarn eben so kennt. Sie haben zum Glück keinen Fernseher. Anscheinend besteht ihr einziges Vergnügen darin, dreimal in der Woche ins Kino zu gehen."

„Viel weiter als bis in dein Kino schaffen sie es ohnehin nicht mehr. Die eine ist klapprig wie ein Krippelgspiel, die andere blind wie ein Maulwurf. Ob die mit ihren dicken Gläsern überhaupt noch was sieht? Wahrscheinlich verwechselt diese alte Bissgurn deine Filme mit Hörspielen, und den Stewart Granger kann sie bestimmt auch nicht mehr vom James Stewart unterscheiden. Die beiden werden sich die Radieschen sicher bald von unten anschauen ..." Ein Hustenanfall zwang ihn dazu, seine philosophischen Betrachtungen abzubrechen.

„Du auch", sagte Hermine K. trocken, „du bist ganz schön marod, gehörst eigentlich längst ins Bett mit deiner Grippe. – Aber es stimmt, die Ladies sind ziemlich bedient. Sie setzen sich immer ganz weit nach vorne, manchmal sogar in die erste Reihe. Und ich muss sie immer zu ihren Plätzen führen."

„Weil du auch alles selber machen willst. Wie oft hab ich dir schon vorgeschlagen, mich an deinem Kino zu beteiligen. Ich könnte den Karli als Operateur ablösen oder Platzanweiser spielen und die Zuckerl und Getränke verkaufen. Deinen Krampfadern tät es sicher gut, wenn du nicht mehr andauernd herumlaufen müsstest. Du könntest dann einfach hinter der Kassa sitzen bleiben, und ich würd den Rest des Ladens schupfen."

Hermine K. hatte den Herrn Karl von ihrer Mutter übernommen. Der alte Mann war die Hälfte des Jahres im Krankenstand, und sie musste dann auch selbst die Filme einlegen. Dennoch brachte sie es nicht übers Herz, sich nach einem jüngeren Operateur umzusehen. Sie wusste, dass er auf die paar Schilling angewiesen war. Ihre Mutter hatte jahrelang „vergessen", ihn anzumelden. Er besaß nicht einmal Anspruch auf die Mindestpension.

„Entschuldige, ich habe dir nicht zugehört, Schorschi. Ich überlege gerade, ob ich mich zu deinen beiden Lieblingen setzen soll. Vielleicht haben sie heute Abend doch etwas mitgekriegt. Alte Damen verfügen oft über eine sehr scharfe Beobachtungsgabe."

„Ja, ja, setz dich nur zu ihnen. Ich kann sowieso nicht die ganze Zeit mit dir tratschen, muss mich jetzt eh wieder um meine Gäste kümmern, sonst krieg ich vom Chef noch eine auf den Deckel."

Zwar bezweifelte sie, dass der Besitzer des Cafés es wagen würde, seinen Oberkellner, den wahren Chef des „Nachtlberger", zu kritisieren, trotzdem stimmte sie ihm zu: „Ja, arbeite endlich was! – Außerdem muss ich schon wieder aufs Klo, ich mach mich gleich an."

„Hast du einen Elefanten auf der Blase? Du bist doch gerade erst auf der Toilette gewesen. Aber es wundert mich eh nicht, einen Liter hast heut mindestens schon intus."

„Hör endlich auf, mir andauernd meine Bierchen vorzurechnen! Solange ich bezahle, geht es dich einen Dreck an, wie viel ich trinke. – Du kannst mir gleich noch ein Seidel an den Tisch bringen."

„Trink lieber ein Kaffeedscherl und gib mir meine Brille wieder. Das Häusl wirst wohl ohne Gläser finden."

„Wo ist denn der komische Kerl hin? Ist er gegangen?"

„Ich weiß nicht, du hast ihn doch die ganze Zeit beobachtet."

„Pass sicherheitshalber auf."

„Ja, ja, du Nervensäge."

Sie gab ihm seine Brille zurück.

Der Schorschi würde einen idealen Filmvorführer abgeben, nicht nur, dass er schlecht sieht, er hat auch zwei Linke und weiß garantiert nicht, wie man einen Film einspannt. Und lernfähig ist er bestimmt auch nicht mehr, dachte sie boshaft.

„Hast du einen Fünfer für mich?", fragte sie ihn.

Er gab ihr zwei Fünfer.

Sie steckte eine Münze in die Musikbox, wählte einen ihrer Lieblingsschlager und wackelte dann, mit elegantem Hüftschwung und im Takt des Kriminaltangos, zur Toilette.

Der Oberkellner blickte ihr sehnsüchtig nach. Er begehrte sie noch immer, vielleicht sogar mehr denn je. Doch seit diesem nicht gerade sehr erfolgreichen Verführungsversuch vor einigen Jahren ...

19

Als Hermine K. von der Toilette zurückkam, sah sie Schorschi in ein offensichtlich sehr vertrauliches Gespräch mit ihrer Lieblingsfeindin Sissi vertieft. Sie hatten die Köpfe zusammengesteckt und tuschelten angeregt miteinander.

Wenn Blicke töten könnten, wäre die „Würstelhex" auf der Stelle tot umgefallen.

Eine Weile blieb die Kinobesitzerin unschlüssig neben den Toiletten stehen, dann beschloss sie, hinten im Extrazimmer zu bleiben. Sie hielt es für unter ihrer Würde, „diese beiden Turteltauben" bei ihrem „Liebesgeflüster" zu stören.

Den kleinen Raum neben den Toiletten schienen sie bei der Renovierung des Cafés vergessen zu haben. Die hübschen, runden Marmortische, die zierlichen, schwarzen Stühle, die schmalen mit rotem Samt überzogenen Sitzbänke an der Wand und die schweren, rosa Vorhänge an den Fenstern versprühten nach wie vor den modernden Charme der Jahrhundertwende.

Hermine K. wurde den Verdacht nicht los, dass hier früher einmal unzüchtige Intimitäten stattgefunden hatten, obwohl Schorschi dies energisch bestritt. Sein „Nachtlberger" war kein zwielichtiges Etablissement. Illegales Glücksspiel – ja, vielleicht, aber natürlich lange vor seiner Zeit. Seit er hier die Zügel in der Hand hatte, gab es keine gesetzwidrigen Geschichten.

Die sechs Marmortischchen im Extrazimmer waren besetzt. Die beiden alten Damen saßen an ihrem „Stammtisch" beim Fenster. Sie hatten die Vorhänge nicht zugezogen. Alle paar Sekunden blitzte die Leuchtreklame für eine Computerfirma schräg gegenüber auf und tauchte die nächtliche Hütteldorfer Straße in ein bläuliches Flackerlicht.

Um diese späte Stunde war die Straße nicht sehr belebt. Trotzdem starrten die alten Damen fasziniert zum Fenster hinaus. Dicke weiße Flocken tanzten draußen auf und ab.

Ellas Blick war verklärt. Ihre Freundin schaute missmutig drein. Wahrscheinlich nahm sie die weiße Flockenpracht nur als dichten grauen Schleier wahr.

„Schönen guten Abend. Darf ich Ihnen ein bisschen Gesellschaft leisten? Meine Beine halten diese stundenlange Steherei nicht aus“, begrüßte Hermine K. die beiden.

„Wir sind eben alle nicht mehr die Jüngsten“, seufzte Ella, die dem Alter nach Hermine K.s Mutter hätte sein können.

„Nehmen Sie doch Platz“, sagte Klara und deutete auf den leeren Stuhl neben sich. „Ich habe Sie gar nicht gesehen, sind Sie schon länger hier?“ Klara war nicht nur extrem kurzsichtig, sondern auch schwerhörig. Auf dem linken Ohr hörte sie fast überhaupt nichts, daher wandte sie der Kinobesitzerin demonstrativ ihre rechte Seite zu.

„Ich bin an der Theke gestanden“, schrie Hermine K. in ihr gesundes Ohr.

„Haben Sie wieder einmal das Geschwafel vom alten Schorsch ...“, Klara rülpste lautstark, „pardon ... über sich ergehen lassen, Sie Arme?“

„Wir haben über die Morde geplaudert ...“

„Ist es nicht schrecklich? Wir kommen einfach nicht darüber hinweg. All diese furchtbaren Verbrechen, die in Ihrem schönen Kino praktisch live passieren – es ist nicht zu fassen! Wir hoffen nur inständig, dass Sie wegen all dieser brutalen Morde nicht zusperren müssen. Das wäre auch für uns eine Katastrophe.“

Ella beugte sich über den Tisch. „Ja, und was für eine! Meine kranken Füße tragen mich nicht mehr bis in die Stadt. Taxi können wir uns keines leisten, und der Tramwayfahrschein hin und zurück kostet fast genauso viel wie ein Taxi.“ Ihre hohe Kleinmädchenstimme war nahe dran überzukippen. Sie sprach so schnell, dass Hermine K. sie kaum verstand.

„Heute wieder ganz in Schwarz? Wie die schwarze Dahlie“, fuhr sie fort und musterte die Kinobesitzerin kritisch.

„Blau, Ella, blau war die Dahlie“, unterbrach Klara ihre Freundin. „Aber im Ernst, sind Sie in Trauer?“, fragte sie mit entsprechend ernster Miene.

Zum Glück blieb Hermine K. eine Antwort erspart.

Schorschi näherte sich, mit einem kleinen Bier in der Hand, ihrem Tisch. „Ein Seidel, bitte sehr! Dein viertes, ich sag's dir nur. Morgen hast garantiert wieder einen Ballon.“ Und übertrieben freundlich fragte er dann: „Und was darf ich den Damen bringen?“

„Dasselbe noch einmal“, sagte Ella.

„Seit wann bedienen Sie denn an den Tischen?“ Klara schenkte ihm einen misstrauischen Blick.

„Stammgäste werden immer von mir bedient.“

„Das ist nicht wahr. Wir sind noch nie von ihm persönlich bedient worden, obwohl wir auch fast täglich hierher kommen. Er will uns bestimmt nur belauschen“, flüsterte Klara, allerdings flüsterte sie so laut, dass Schorschi es hören konnte.

Er drehte sich um und schenkte den drei Frauen einen vielsagenden Blick.

„Unterhältst dich eh gut?“, fragte Hermine K.

„Wie meinen?“, antwortete er spöttisch.

„Er hört schon schlecht“, wisperte Ella.

Schorschi zuckte mit den Achseln und entfernte sich wieder.

„Er ist nicht schwerhörig. Aber lauschen tut er auch nicht, das wäre ihm viel zu anstrengend“, sagte Hermine K. und nahm einen großen Schluck von ihrem Seidel.

„Man kann nie wissen. Aber Sie wollten uns von den Morden erzählen. Gibt es schon eine Spur?“, fragte Klara.

„Nein. Die Polizei schläft den Schlaf der Gerechten. Ich sehe mich praktisch gezwungen, auf eigene Faust Nachforschungen anzustellen.“

Die Alte mit den dicken Brillengläsern rülpste wieder und hielt sich die Hand, anstatt vor den Mund, auf den Bauch.

„Zweifellos haben wir es in allen Fällen mit ein und demselben Täter zu tun“, fuhr die Kinobesitzerin irritiert fort.

„Aber das waren doch keine Väter“, warf Klara ein.

„Täter, hab ich gesagt, Frau Klara“, schrie Hermine K. „Ich frage mich nur, warum der Mörder immer so bestialisch vorgegangen ist. Laut Polizei soll es sich ja um stinknormale Raubmorde handeln.“

„Tja, wir haben uns auch gefragt, warum er gleich mehrmals zugestochen hat, wo doch ein sauberer Schnitt durch die Kehle vollkommen genügt hätte.“ Klara hatte die Kinobesitzerin schon früher manchmal mit ihren gerichtsmedizinischen Kenntnissen verblüfft.

„Genau. Es war doch völlig unnötig, ihnen den Bauch aufzuschlitzen und das Messer auch noch in die Brust zu stoßen.“

„Vielleicht wollte er auf Nummer sicher gehen? Man liest doch in letzter Zeit so viel über Scheintote. – Perry Mason oder Mickey Spillane hätten dieses Rätsel jedenfalls schon längst gelöst", fügte Ella noch hinzu und bedachte die Kinobesitzerin mit einem vorwurfsvollen Blick.

„Zwei Achtel rot für die Damen." Schorschi wischte mit einem schmutzigen Geschirrtuch betont langsam den Tisch ab und reichte dann den beiden alten Damen die Weingläser.

20

„Eigentlich dürfte ich gar keinen Roten trinken. Rotwein bindet das Wasser im Körper, und meine Beine sind heute ohnehin wieder extrem angeschwollen. Ich werde wohl bald einen Stock brauchen. Könnte ich nicht deinen nehmen, Ella? Du bist sowieso viel zu eitel, um am Stock herumzulaufen“, sagte Klara.

„Ich stütze mich eben lieber auf deinen starken Arm als auf einen hässlichen Krückstock“, erwiderte Ella.

„Ich muss Ihnen ein Kompliment machen, Sie sehen heute Abend einfach fabelhaft aus. Waren Sie wieder beim Friseur? Die neue Farbe steht Ihnen ausgesprochen gut. Baby Jane würde neben Ihnen glatt verblassen.“ Hermine K. meinte dieses Kompliment durchaus ehrlich, sie hielt Ella für eine höchst attraktive alte Dame.

„Hat sie sich selbst gemacht. Gelernt ist gelernt“, bemerkte Klara spitz.

Ella hatte vierzig Jahre lang in einem Friseursalon in der Hütteldorfer Straße gearbeitet. Man sah es ihr heute noch an: schwarzblau gefärbte Wimpern und Brauen, perfekt lackierte dunkelrosa Fingernägel, passend zu dem grellrosa Lippenstift und dem hellvioletten Rouge auf ihren Wangen. Die bläuliche Haarfarbe verstärkte das maskenhafte Aussehen ihres Gesichtes. Sie hatte eine sehr zarte Haut, bedingt durch ihren nicht unbeträchtlichen Alkoholkonsum schimmerte sie jetzt leicht rosig. Wegen einer hartnäckigen Allergie trug Ella meistens dünne weiße Spitzenhandschuhe. Ihr Körper wirkte beinahe zerbrechlich. Hermine K. fand, dass sie wie eine Porzellanpuppe aussah.

„Erstaunlich, wie Sie sich in Ihrem Alter noch in Form halten. Verglichen mit Ihnen, sehe ich aus wie eine alte Schlampe. Ich gehe höchstens zweimal im Jahr zum Friseur, und dann lass ich nur fassonieren."

„Ach, deshalb behalten Sie immer Ihren komischen Kalabreser auf."

„Sie sind gerade hinter eines meiner großen Geheimnisse gekommen", sagte Hermine K. lachend. „Aber im Ernst, wie schaffen Sie es bloß, so jung und frisch auszusehen? Ich beneide Sie ehrlich um Ihre schöne Haut."

Ella errötete verschämt. „Sie machen mich richtig verlegen. – Haben Sie Klaras neue Bernsteinbrosche schon bewundert? Zeig sie ihr, Klara. Echter Bernstein, hat uns ein kleines Vermögen gekostet ..."

„Ja, ja, der Braunstein, der war auch so ein Schlawiner", schnitt Klara ihrer Freundin das Wort ab.

„Bernstein, Klara, wir sprechen gerade über deine hübsche neue Brosche", brüllte ihr Ella ins rechte Ohr.

„Ich habe ein ganzes Jahr lang darauf gespart ..." Klara rülpste wieder, „... mir monatelang nichts gegönnt."

Hermine K. betrachtete die Brosche. „Wirklich sehr apart. – Sie haben ein ganz schönes Schnackerl. Wer denkt denn da an Sie?"

„Ich hab's mit der Bauchspeicheldrüse."

„Bildet sie sich nur ein", flüsterte Ella, „sie ist pumperlgsund."

„Sei still, du hast ja keine Ahnung."

„Du bist eine Luftschluckerin, hat der Doktor gesagt."

„Musst du immer alles nachplappern, was dieser Kurpfuscher von sich gibt? Er kann nichts finden, behauptet er."

„Über unseren neuen, jungen Doktor lasse ich nichts kommen. Er ist sehr nett, viel sympathischer als der alte ..."

„Bei unsereinem tun sich ja die Ärzte nichts mehr an. Am liebsten würde er mich wahrscheinlich schon jetzt den Pompfüneberern übergeben."

Die Kinobesitzerin hörte der griesgrämigen alten Frau nicht mehr zu. Sie kannte Klaras Hasstiraden auf die Ärzte bereits auswendig.

Die große, grobschlächtige Frau hatte in ihrem Leben mindestens sechs Wiener Gemeindespitäler als Hilfsschwester unsicher gemacht. Nirgends hatte sie es lange ausgehalten. Wegen der „Götter in weißen Kitteln", behauptete sie. Wegen ihres zänkischen, neidischen Wesens, vermutete Hermine K.

Klara hasste aber nicht nur die Ärzteschaft, sondern schimpfte auch gern über die hypochondrischen Patienten. Ihre von lebhaften Gesten und undamenhaften Flüchen begleiteten Schilderungen des Spitalsalltags gingen der Kinobesitzerin gehörig auf die Nerven. Als überzeugte Sozialdemokratin vertrug sie es nicht, wenn die Alte die Schuld an der Misere im Gesundheitswesen der „sozialistischen Stadtmafia" in die Schuhe schob. Klara brachte sie mit ihrem Geschimpfe jedes Mal auf die Palme.

Bevor sie ihr energisch widersprechen konnte, mischte sich Ella ein: „Hören Sie nicht auf sie. Klara ist allergisch gegen alles, was mit Ärzten und Spitälern zu tun hat. In ihrer Jugend war sie einmal in einen Assistenzarzt unglücklich verliebt, leider war er mit einer anderen verheiratet. Sie ist halt an den Falschen geraten, genauso wie die Ingrid Bergmann. Nur hat Klaras Knochenflicker nicht einmal halb so gut ausgeschaut wie der Gregory Peck. ‚Ich kämpfe um dich' könnten Sie übrigens ruhig wieder mal spielen. Auch wenn ich immer weinen muss ..."

„Das kann doch nicht normal sein, dass man dauernd aufstoßen muss", ließ Klara ihre Freundin wieder nicht ausreden. „Ich krieg auch so leicht Sodbrennen und kann nachts vor lauter Blähungen oft kein Auge zutun."

„Weil du immer alles so gierig hinunterschlingst."

„Vielleicht hab ich es mit dem Magen?"

„Vielleicht gar ein Magengeschwür? Bei deinem gesunden Appetit."

„Zum Wohl, meine Damen!" Hermine K. erhob ihr Glas.

„Auf die Gesundheit", sagten Ella und Klara im Chor.

„Apropos Gesundheit", Klara rülpste gequält, „ich denke, es handelt sich bei den Todesfällen in ihrem Kino tatsächlich um Raubmorde. Ella hat mir die Zeitungsberichte vorgelesen. Angeblich waren die Opfer wohlhabende Männer, der erste ein pensionierter wirklicher Hofrat und der zweite ein Oberschulrat, ein ehemaliger Hauptschuldirektor, stand in der Zeitung."

„Genau umgekehrt, Klara, du passt nie richtig auf, wenn ich dir vorlese. Der erste Tote war ein Oberschulrat und der zweite ein Hofrat."

„Haben Sie eines der Mordopfer persönlich gekannt?", fragte die Kinobesitzerin schnell, ehe die beiden wieder zu zanken beginnen konnten.

„Entmannt? Davon stand aber nichts in den Zeitungen. Oder hast du mir was verschwiegen, Ella?"

„Ob Sie die Opfer gekannt haben, wollte ich wissen", schrie Hermine K., die nahe daran war, die Geduld zu verlieren.

Klara bildete sich ein, dass ihr der Hofrat bekannt vorgekommen war. „In den Zeitungen war ein Foto von ihm. Ich hab es mir mit der Lupe genau angesehen. Vielleicht ist er irgendwann einmal bei mir auf einer Station gelegen. Wahrscheinlich im Wilheminenspital, als ich für die Erste-Klasse-Patienten zuständig war. So ein Hofrat hatte sicher eine Privatversicherung. Aber Sie werden verstehen, dass ich mich nicht mehr an all die tausend Patienten erinnern kann, die ich im Laufe meines Lebens gesundgepflegt habe."

Ella begann unbeherrscht zu kichern.

„Was gibt es da zu lachen? – Vielleicht haben wir ihn auch einmal auf einem Amt gesehen, bei der Pensionsversicherung zum Beispiel. Ich kann mich natürlich auch irren, ich sehe ja kaum mehr was."

„Aber Klara, der Herr ist doch damals neben dieser ‚Phantom-Lady' in der Reihe vor uns gesessen, ganz am Rand. Erinnerst du dich wirklich nicht mehr an ihn? Ich hab noch gesagt, was für ein gutaussehendes Mannsbild ..."

„Ich bin eben nicht so männernarrisch wie du. Nicht einmal ignorieren, sag ich immer. Habe ich nicht Recht, Frau Karpfinger?"

„Warum musst du bloß ständig auf mir herumhacken", schluchzte Ella und schnäuzte sich in ihr blütenweißes Taschentuch. „Ich ... männernarrisch."

„Narrische Männer laufen mehr als genug herum", bemerkte Klara trocken.

21

Die Kinobesitzerin fand die Gesellschaft der alten Damen nicht besonders anregend. Bevor sie ebenso mieselsüchtig werden würde wie diese einsamen, alten Jungfern, würde sie sich lieber selbst umbringen.

Während der unergiebigen Unterhaltung hatte sie die Theke im Auge behalten. Schorschi flirtete nach wie vor mit dieser Audrey-Hepburn-Kopie.

Wenn diese Würstelstandbesitzerin so weitermacht, wird sie es glatt schaffen, ihn einzukochen, befürchtete Hermine K. und beschloss, dieser Turtelei nun doch ein Ende zu setzen.

„Ich komm gleich wieder", sagte sie zu ihren Tischgenossinnen und ging zur Bar.

Sissi demonstrativ ignorierend, fuhr sie Schorschi an: „Ich hab es satt, noch länger hier herumzuhängen. Warum müssen wir unbedingt bis zur Sperrstunde warten. Lass es uns doch gleich hinter uns bringen."

Er winkte ab, behauptete, noch nicht weg zu können. „Außerdem unterhalte ich mich gerade, falls du das nicht bemerkt hast."

„Soll ich mir die Nase pudern gehen?", fragte Sissi grinsend.

„Keineswegs. Bleiben Sie doch ... trinken wir noch ein Achterl zusammen", stammelte Schorschi und tätschelte ihre Hand.

Hermine K. platzte fast vor Wut, hielt es jedoch für klüger, sich zu beherrschen, quälte sich sogar ein freundliches Lächeln ab und sagte zu ihrer Rivalin: „Sie stören nie. Ein zahlender Gast ist einem Kellner immer willkommen." Das Wort „Kellner" klang aus ihrem Mund wie ein derbes Schimpfwort.

Als Schorschi den Wein einschenkte, ging sie zu ihm hinter die Theke und flüsterte: „Mach keine Manderln, komm jetzt, es brennt der Hut. Vielleicht fällt dir was Wichtiges auf, mir ist vor lauter Aufregung bestimmt einiges entgangen. Du behältst ja in solchen Situationen immer einen viel klareren Kopf als ich. Es war ja schließlich auch deine Idee, nachzuschauen, ob er seine Brieftasche bei sich trägt."

Schorschi fühlte sich zwar sichtlich geschmeichelt, weigerte sich jedoch weiterhin hartnäckig, sein Café zu verlassen.

Mit einem abfälligen: „Keiner ist unentbehrlich" wehrte sie alle seine Ausflüchte ab.

„Hör auf zum Benzen", zischte er sie an, griff nach einem Glas, steckte es auf eine der Bürsten und bewegte es rasch ein paar Mal auf und ab.

„Du kannst jahrzehntelang Glasl abwaschen und wirst es dennoch nie zum Millionär bringen", sagte Hermine K.

Er beachtete sie nicht, nahm das Glas aus der Abwasch, hielt es gegen das Licht, betrachtete es kritisch und stülpte es erneut über die Bürste.

Schließlich verlegte sie sich aufs Bitten: „Schorscherl, bitte, es ist ja nur ein Katzensprung." Sie schenkte ihm einen flehenden und zugleich tieftraurigen Blick und lächelte ihn hilflos an.

Prompt versprach er, gleich mit ihr in die KARPFINGER-LICHTSPIELE rüberzugehen.

Während er wortreich den polnischen Hilfskoch, der statt seiner die Bar übernehmen musste, instruierte, sagte Sissi zu Hermine K.: „Wir haben gerade darüber gesprochen, wie elegant Sie in letzter Zeit immer aussehen. Ihr Nerzmäntelchen hat sicher ein kleines Vermögen gekostet. Wirft das Kino so viel ab, oder haben Sie eine andere Einnahmequelle gefunden?"

„Ein Erbstück von meiner Frau Mama."

„Und einen neuen Hut haben Sie auch schon wieder. Ich sag's ja immer, ein Kino müsste man besitzen und keinen armseligen Würstelstand."

„Neid macht krank, und außerdem kann ich Neidhammel nicht leiden."

„Ganz unter uns, Frau Karpfinger, haben Sie im Lotto gewonnen, oder sind Sie gar Rubbel-Königin geworden?"

Hermine K. verzog angewidert den Mund.

„Nein? Sie rubbeln nicht mit? Lassen Sie mich weiter raten. Volltreffer mit einem Brieflos, stimmt's?"

Sie bekam keine Antwort.

„Früher haben Sie doch immer über Geldsorgen geklagt, aber in letzter Zeit scheint's mit Ihnen schwer bergauf zu gehen, trotz der Morde ..."

Sosehr sich Hermine K. auch bemühte, die bissigen Anspielungen der feschen Sissi zu überhören, ihre nächste Bemerkung konnte sie einfach nicht mehr ignorieren.

„Schorschi hat mir erzählt, dass Sie noch immer auf der Suche nach Ihrem Kino-Mörder sind. Was kann eine Frau allein in so einem Fall schon ausrichten? Warum überlassen Sie die Nachforschungen nicht einfach der Polizei? Schorschi ist derselben Meinung wie ich. Wir sprachen gerade darüber, und er ..."

„Geschwätzige Menschen sind mir ein Gräuel", sagte Hermine K. und blickte Schorschi strafend an.

„Wahrscheinlich werden unsere Kripo-Leute diese raffinierte Person nie erwischen. Warum sind eigentlich alle überzeugt davon, dass die Morde von einem Mann begangen wurden? Raubmorde sind längst keine rein männliche Domäne mehr. Lesen Sie keine Zeitungen? Genauso gut könnte es doch eine Frau gewesen sein, eine Frau, die sich im Karpfinger-Kino gut auskennt, zum Beispiel ...“, sagte Sissi und grinste die Kinobesitzerin blöde an.

Hermine K. hatte es die Sprache verschlagen. Mit offenem Mund starrte sie ihre Feindin an.

Hocherfreut über ihre Sprachlosigkeit, fuhr Sissi in scheinheiligem Ton fort: „Natürlich habe ich keine Sekunde geglaubt, dass Sie selbst die armen Kerle auf dem Gewissen haben könnten, aber Schorschi meinte ...“

„Was meinte Schorschi?“

„Ich will nichts gesagt haben. Verstehen Sie mich bitte nicht falsch, Frau Karpfinger, er hat nur gesagt, dass es ein bisschen eigenartig aussieht und dass vielleicht jemand auf die absurde Idee kommen könnte, dass Sie selbst ... nun, ich meine, da Sie ja immer die Letzte sind, die das Kino verlässt ...“

Sie kam nicht mehr dazu, diesen Satz zu Ende zu sprechen. Mit einer heftigen Handbewegung warf Hermine K. ihr fast leeres Glas um und rief. „Jetzt mach endlich weiter, Schorschi, sei nicht so lahmlackert!“

Gewarnt durch den gefährlichen Unterton in ihrer Stimme, schlüpfte er in seine alte, braune Lederjacke mit dem kaputten Reißverschluss, übersah geflissentlich die kleine Schweinerei, die seine Freundin gerade angerichtet hatte, und folgte ihr zur Tür.

Sie hielt ihm galant, aber mit bitterböser Miene, den Vorhang auf.

„Wohin noch so spät?“, rief Sissi ihnen nach.

22

„Heut hat's aber einen ordentlichen Zapfen", bemerkte Schorschi und vergrub das Gesicht in seinem grün-weißen Rapid-Schal, den ihm Hermine K. zu seinem letzten Geburtstag geschenkt hatte. „Schnee im November, das heißt, wir werden heuer wieder keine weißen Weihnachten haben."

„Du bist wirklich das Letzte, du altes Tratschweib", fauchte Hermine K. „Ich hab dich echt satt!"

„Was ist denn los, Mimi-Maus", fragte er verblüfft und legte ihr den Arm um die Schulter.

Sie schüttelte seinen Arm ab und fuhr ihn an: „Wie konntest du nur mit dieser ... mit diesem Trutscherl über meine Probleme reden? Was hast du dir bloß dabei gedacht? Hast dich wohl auf meine Kosten interessant machen wollen?"

„Aber Mimi ...

„Hast etwa gar auch vom dritten Mord was ausgeplaudert? Ich trau dir alles zu."

„Mimi, ich schwör's dir, ich hab kein Wort ..."

„Ja, ja, du alter Schmähtandler. Runtergemacht hast mich vor dieser blöden Blunzen. Und komische Andeutungen hast gemacht, dass ich selbst unter Verdacht stehen würde ... und was weiß ich, was du dieser Kuhäugigen sonst noch alles erzählt hast. Weißt, was du bist, Schorschi? Du bist ein ..."

„Sag mal, bist du jetzt total übergeschnappt? Ich soll dich verdächtigt haben? Du träumst wohl", unterbrach er sie.

„Ein Albtraum, ja, das bist du und ein falscher Hund!"

„Was für einen Schwachsinn hat denn diese Gurken sonst noch verzapft?"

Sie schenkte ihm einen unsicheren Blick.

„Weiber, sag ich nur, blöde Weiber“, murmelte er in seinen Schal.

„Hast leicht gar nichts dergleichen gesagt?“, fragte Hermine K. beinahe schüchtern.

„Alles erstunken und erlogen, deppertes Weibergeschwätz. Und wenn du nicht willst, dass ich dich für genauso blöd halte wie dieses Krischpindel, dann gib jetzt endlich eine Ruh!“

Sie beschloss, ihm zu glauben, stellte ihren Mantelkragen hoch und drückte den Hut tiefer in die Stirn.

Schweigend stapften sie nebeneinander her. Das Schneetreiben war dichter geworden.

Schorschi, der über seinem dünnen Hemd nur die Lederjacke trug, fror und jammerte, dass er sich den Tod holen würde.

Hermine K. beachtete ihn nicht weiter. Sie war immer noch sauer wegen Sissi. Er hatte sich von dieser „Würstelhex“ betatschkerln lassen – das hatte sie mit eigenen Augen gesehen.

Aber Schnee oder nicht Schnee, Sissi oder nicht Sissi, sie hatte jetzt andere Sorgen.

Die Schneedecke war dünn und fleckig, der Boden darunter gefroren.

Schorschi rutschte aus. Ein Verkehrszeichen bewahrte ihn vor dem Schlimmsten. „Mi...Mi...mi“, stammelte er kläglich.

Verärgert drehte sie sich nach ihm um. „Hast du wieder keine gescheiten Schuhe an? Immer das Gleiche mit dir. Könntest dir nicht endlich mal ein ordentliches Paar Schuh leisten? Komm, häng dich bei mir ein, und dann gib einen Frieden. Deine ewige Jammerei macht mich krank.“

„Ich hab die schwarzen anzogen, die mit den dünnen Ledersohlen, weil in die braunen Winterschuh, da schwitz ich immer so“, rechtfertigte er sich. „Hab ja nicht gewusst, dass ich heut noch einen Abendspaziergang machen muss ...“

„Halt bitte endlich den Mund“, herrschte sie ihn an und schritt schneller aus.

Er hing schwer an ihrem Arm, und sie begann bereits zu bedauern, dass sie ihn gebeten hatte, mitzukommen.

Immer wieder schnäuzte er sich lautstark. „Hast du ein frisches Taschentuch für mich?“

Sie reichte ihm ein Papiertaschentuch.

„Oh, its a Feh“, versuchte er zu scherzen.

„Non, c'est un Tempo“, antwortete sie und legte noch einen Schritt zu.

„Ich hab eine saftige Grippe.“ Er hustete und schaute so mitleiderregend drein, dass sie nicht anders konnte, als ihm ein Busserl auf die eiskalte Wange zu drücken.

Sichtlich erfreut revanchierte er sich mit einem Kuss auf ihren Mund.

„Willst mich anstecken?“, lautete ihr schwacher Protest.

Die freundliche Prostituierte von vorhin stand noch immer vor dem Wäschemodengeschäft. Hermine K. schenkte ihr über Schorschis Schulter hinweg einen kurzen Gruß und bildete sich ein, dass die Nutte amüsiert grinste.

Drei vermummte Gestalten, die Hände in den Taschen ihrer wattierten Bomberjacken vergraben, torkelten auf das engumschlungene Paar zu.

„Hej, sind das nicht meine kleinen Nazibuben?“ Schorschi löste sich von Hermine K.

Sie schenkte den drei kahlgeschorenen Burschen, deren Gesichter hinter dunklen Schals verborgen waren, einen ängstlichen Blick.

„Dass denen die Glatzen nicht einfrieren“, wunderte sich Schorschi.

„Die gehen sicher ins ‚Nachtlberger‘.“

„Leider. Die kommen jetzt jeden Abend.“

„Nette Kundschaft!“

„Ich kann s’ nicht rausschmeißen. Bis jetzt haben sie sich nichts zu Schulden kommen lassen. Was soll ich machen?“ Schorschi zog seine Freundin runter auf die Straße.

„Feigling“, flüsterte sie, als die drei Burschen auf dem Gehsteig an ihnen vorbeistapften.

„Morgen kann ich um sechs aufstehen und den Gehsteig vorm Kino ausschaufeln, sonst zeigen s’ mich wieder an“, fing nun Hermine K. zu jammern an.

„Soll ich dir helfen?“

„Geh, hör auf. Du müsstest ja um fünf aufstehen, wenn du um sechs bei mir sein willst, da brauchst dich gar nicht mehr hinlegen.“

„Wenn du mich bei dir schlafen lasst, dann ...“

„Das Thema hatten wir heute schon, Schorschi.“

Er erwiderte nichts, schien die Abfuhr gelassen hinzunehmen, und sie fuhr ungezwungen fort: „Herrgott, bin ich gespannt, ob der noch seine Brieftasche bei sich hat. Geld wird sicher keines drin sein, wirst sehen. Ich wett mit dir um ein Seidel, dass es ein und derselbe Killer war. Nur komisch, dass er dieses Mal auch wieder Brust und Bauch aufgeschlitzt hat ...“

„Hör auf, Mimi, mir ist eh schon schlecht.“

Vorm Kinoeingang griff Hermine K. kurz nach seiner Hand, drückte sie fest und nahm dann den Schlüsselbund aus ihrer Manteltasche.

„Muss ich mir den Toten wirklich anschauen? Könnte ich nicht bei der Kassa auf dich warten? Wir lassen die Saaltür offen, und wenn was passiert, bin ich sofort bei dir …“

„Weißt, was du bist? – Eine feige Nuss!“

23

Hermine K. machte im Kino alle Lichter an. „Glaubst, dass er bei Festbeleuchtung weniger grausig ausschaut?“, ätzte Schorschi.

„Bei der schwachen Notbeleuchtung kannst gar nichts sehen.“

Gemeinsam betraten sie den Kinosaal. Dann blieb er jedoch ein paar Schritte hinter ihr zurück.

Als sie sich den vorderen Reihen näherten, schrie sie plötzlich: „Das gibt’s ja nicht!“ Sie beugte sich über die Sitze, unter denen die Leiche gelegen hatte, und stöhnte: „Au, mein Kreuz“. Dann griff sie nach Schorschis Arm. Ihre ausgeleierten Bänder machten ihr in letzter Zeit gehörig zu schaffen.

Er drückte sie an sich und blickte sich unsicher um. „Wo ist denn deine Leich? Hat ihn der Herrgott schon zu sich geholt?“

„Reiß nur deine blöden Schmäh.“

„Vielleicht hat’s ihm da vorn nimmer gefallen, und er hat sich einfach nach hinten gesetzt“, fuhr er grinsend fort, als sich seine Freundin auf den Boden kniete und ihre Taschenlampe auf die Blutlache richtete.

„Sehr witzig. – Ich kapier’s nicht. Schau her, alles voller Blut, auch der Sitz. Der war mausetot, glaub mir, der hat mit seinem durchgeschnittenen Hals nicht mehr aufstehen und davonrennen können.“

„Wer weiß, vielleicht macht gerade ein Kopfloser Wien bei Nacht unsicher – genauso wie in deinen Filmen“, witzelte der Oberkellner weiter und blickte sich um, so als würde er tatsächlich nach einem Kopflosen Ausschau halten.

„Ich spiele keine Horror-Schocker, das solltest du eigentlich wissen.“

„Hej, was ist denn mit der Tür passiert? Hast den Seitenausgang nicht zugemacht?“

„Du bist genial!“ Hermine K. stürzte zur Seitentür. Sie bemerkte nicht, dass sie in die Blutlache getreten war und ihre Schuhe deutliche rotbraune Abdrücke auf dem hellen Linoleumboden hinterließen.

Beide schenkten dem Türschloss einen sehr kritischen Blick.

„Eindeutig aufgebrochen. Naja, jetzt können wir wenigstens annehmen, dass er nicht von selber davongelaufen ist. Glaubst du, dass ihn der Killer geholt hat? Aber wieso, frage ich mich. Die anderen beiden hat er ja auch einfach liegengelassen. Außerdem hätte er das Blut dann auch gleich aufwischen können. Schau, sogar auf der Wand sind Blutspritzer ...“

„Jetzt redest aber du einen Stuss daher. Wo hätte er denn ein Putzmittel und einen Fetzen hernehmen sollen?“

„Werd jetzt nicht spitzfindig!“

„Wahrscheinlich hat er draußen gewartet, und als er gemerkt hat, dass keine Polizei kommt, hat er sich gedacht, er kann den Mord einfach vertuschen. Ohne Leiche kein Mord, verstehst?“

„Und das Blut ist von der Leinwand runtergeronnen?“

„Was weiß ich. Du kannst wirklich nicht erwarten, dass ich dir für alles eine Erklärung liefere. Du bist doch immer so stolz auf deine blühende Fantasie ...“

Sie standen beide etwas ratlos vor dem Seitenausgang.

„Was machst jetzt? Wischst du die Lachen auf oder versuchen wir zuerst, die Tür wieder zuzusperren?“

„Am besten machen wir beides“, sagte sie nach einer kleinen Pause. In ihrer Stimme schwang Erleichterung mit.

„Was geht mich der Tote jetzt noch an? Du hast schon Recht: Kein Mord ohne Leiche! – Geh schau, wie du die Tür wieder zukriegst, ich werd inzwischen schnell aufwischen.“

„Und wie soll ich die kaputte Tür wieder zukriegen?“

„Von mir aus pick sie mit einem Alleskleber zu.“

Hermine K. holte einen Eimer Wasser und einen Fetzen aus der Toilette und beseitigte alle verdächtigen Spuren auf dem Boden und an der Wand. Sessellehne und Sitz bekam sie nicht ganz sauber, aber auf den alten braunen Stoffbezügen waren die Blutflecken ohnehin kaum zu sehen.

„So das hätten wir, alles wieder blitzblank“, seufzte sie zufrieden.

Inzwischen hatte Schorschi sein Türproblem ebenfalls gemeistert. Ein Hammer und ein paar Nägel waren alles, was er dazu gebraucht hatte.

In trauter Eintracht wuschen sie sich in der Toilette die Hände. Im Spiegel über dem Waschbecken trafen sich ihre Blicke.

Er legte seinen Arm um ihre Schulter, zog sie an sich und küsste sie sanft auf den Mund.

Hermine K. wollte protestieren, ließ es aber bleiben. Seine Küsse waren ihr nicht unangenehm, im Gegenteil. Sie schloss die Augen, schmiegte sich eng an ihn und liebkoste sein Gesicht.

Seine Hände wanderten unter ihren Pullover, streichelten ihre Brüste. Plötzlich schien er seine Finger überall zu haben. Erst als sich seine Hände zwischen ihre Schenkel verirrten, gab sie ihm einen leichten Stoß und sagte leise und mit sanfter Stimme: „Nicht hier, Schorschi, bitte nicht ...“

Er zog sie noch enger an sich und flüsterte ihr zärtlich ins Ohr: „Darf ich heut Nacht bei dir bleiben?

Ich helf dir dafür auch morgen früh beim Schneeschaufeln."

„Wir werden sehen." Sie schenkte ihm ein vielsagendes Lächeln. Dann befreite sie sich aus seiner Umarmung.

Beinahe beschwingt verließen sie Hand in Hand das Kino.

Kaum waren sie auf der Straße, legte Schorschi wieder seinen Arm um ihre Hüfte. Wie ein Liebespärchen schlenderten sie die nächtliche Linzer Straße entlang.

„Wo kann der Tote bloß hin sein? Ich begreife es einfach nicht.", sagte Hermine K.

„Na, was ist denn da so schwer zu begreifen? Der Mörder wird ihn halt abgeholt haben. Vielleicht wollte er dich nicht mit einer dritten Leiche belasten."

Hermine K. schwieg eine Weile, dann sagte sie nur ein Wort: „Schurli!"

„Jetzt hör endlich auf! Lass den Schurli aus dem Spiel. Ich hab dir nicht nur einmal gesagt, dass in deinem Kino lauter Wahnsinnige herumhängen. Aber du bist und bleibst auf den armen Schurli fixiert wie ein Kaninchen auf die Schlange."

„Du hast ja selbst gerade gesagt, dass mich der Mörder vielleicht schonen will. Und wir haben vorhin mit dem Schurli darüber geredet, dass mich ein dritter Toter total ruinieren würde. Kombinier doch mal."

„Das Kombinieren überlass ich lieber dir. Meine kleinen grauen Zellen funktionieren heute nicht mehr so gut. Ich bin total fertig, Mimi, ich habe den ganzen Tag geschuftet. Hör endlich auf zu spintisieren."

Er schenkte ihr einen so verzweifelten Blick, dass ihr nichts anderes übrigblieb, als seiner Bitte zu entsprechen. Doch sie gab ihren Verdacht nicht auf, sondern sammelte insgeheim noch weitere Indizien, die gegen den schwergewichtigen Taxichauffeur sprachen.

24

Über der Müllverbrennungsanlage Flötzersteig stiegen dicke Rauchschwaden in den Himmel auf, die Straßenbeleuchtung tauchte sie in ein rosarotes Licht. Es stank nach faulen Eiern und noch ekelhafteren Dingen.

„Schaut aus, als würde die Dreckschleuder brennen", sagte Schorschi.

„Jetzt lassen s' wieder das ganze Gift raus."

„Immer nachts, weil s' glauben, dass es dann keiner merkt."

„Ob der Hundertwasser die auch bald behübschen wird?"

„Meinst den mit dem Kapperl?"

„Ja, wen denn sonst?"

„Das Kapperl find ich aber lustig ...

„Über Geschmack lässt sich bekanntlich streiten, und deiner war ja noch nie der beste."

„Warum musst du gleich wieder bissig werden, Mimi? Jetzt haben wir uns grad so gut verstanden ..."

„Na, weil's wahr ist. Du bist genauso ein Kulturbanause wie unsere Politiker."

„Und du bist bei der falschen Partei, das hab ich schon immer gesagt. Ich hab mich nie von denen einfangen lassen, ich wähl sie nicht einmal. Diese Großkopferten können mich alle gern haben. Immer lassen sie die kleinen Leute alles ausbaden, Sparpaket Nummer eins, Sparpaket Numero zwei ... Und sie kassieren weiterhin ab, schanzen sich einen großen Deal nach dem anderen zu, auch wenn s' selber ganz von unten kommen. Wahrscheinlich sind die sogar die allerschlimmsten, können den Hals nie vollkriegen ..."

„Wirst auf deine alten Tag vielleicht gar ein Freiheitlicher?"

„Bist deppert? Die können mich erst recht …“

„Wer kann dich nicht?“

„Weißt, dass ich früher mal die Kummerl gewählt hab? Bevor ich auf die Schweinereien vom Stalin draufgekommen bin. Aber demnächst werd ich sie wieder wählen.“

Hermine K. schüttelte den Kopf. Sie bezeichnete sich selbst gern als „roten Adel“. Ihre Familie hatte sogar einen SP-Gemeinderat vorzuweisen – ein Großonkel Hermines väterlicherseits. Auch die Angehörigen ihrer Mutter, Kinobesitzer hin oder her, hatten immer die „richtige“ Partei gewählt. Und ihre eigene „Partei-Karriere“ war ebenfalls typisch verlaufen: Kinderfreunde, Rote Falken, Verband Sozialistischer Mittelschüler, Kassiererin der SP-Sektion Penzing 3. Erst in den letzten Jahren hatte ihre Begeisterung für die „Roten“ etwas nachgelassen. Sie kam nicht mehr so recht mit, wenn einer der Funktionäre von der neuen Garde bei einer Bezirksveranstaltung die freie Marktwirtschaft pries oder gar ausländerfeindliche Töne von sich gab.

Schon damals, als sie die sozialistische Frauenzeitung, die sie jahrelang austrug, einstellten, wurde sie misstrauisch. Als sie dann auch noch die „Arbeiterzeitung“ sterben ließen, zog sie zum ersten Mal ernsthaft in Erwägung, die Partei zu verlassen, konnte sich dann doch nicht dazu überwinden und legte nur ihre Funktionen im Bezirk nieder. Aber der „neue Wind“ in der Löwelstraße behagte ihr nicht, und bei der letzten Nationalratswahl verweigerte sie ihnen zum ersten Mal ihre Stimme. Mit furchtbar schlechtem Gewissen wählte sie die Grünen. Nicht einmal Schorschi beichtete sie diesen Verrat. Am 1. Mai marschierte sie wieder pflichtschuldig in den Reihen ihrer

Genossen mit, obwohl der lange Fußmarsch vom vierzehnten Bezirk bis zum Rathaus fast über ihre Kräfte ging. Trotz all ihrer eigenen Kritik an der Partei duldete sie jedoch nach wie vor keine Schmähungen aus anderem Mund.

Kaderdenken nannte Schorschi das. Sie bevorzugte den Ausdruck Parteidisziplin. In diesem Punkt war sie eben eigen.

„Hören wir auf mit der Politik." Schorschis Stimme zitterte, ihm war nach wie vor kalt. „Schaun wir lieber, dass wir heimkommen." Er ging schneller, und sie hatte Schwierigkeiten, mit ihm Schritt zu halten.

„Hej, wer kommt denn da?", rief er plötzlich.

Eine kleine, gebückte Gestalt näherte sich dem „Nachtlberger" aus der anderen Richtung. Den Blick auf den Gehsteig gerichtet, setzte sie vorsichtig einen Fuß vor den anderen.

„Wer denn?", fragte Hermine K. und kniff die Augen zusammen.

„Du bist ärger als ein schernglerndes Fru-Fru-Glasl. Siehst denn unser Streifenhörnchen wirklich nicht?"

„Ach so, die meinst du, die hab ich schon lange gesehen", schwindelte sie und rief der „Tigerlady" ein freundliches „Guten Abend" zu.

Die alte Dame blickte auf und zuckte beim Anblick der beiden dunklen Gestalten, die geradewegs auf sie zusteuerten, erschrocken zusammen. Sie machte auf der Stelle kehrt und eilte, fast im Laufschritt, zurück in die Richtung, aus der sie gekommen war.

„Was ist denn mit der los?"

„Ich glaube, die ist wirklich nicht ganz dicht. Oder meinst, dass sie uns nicht erkannt hat?"

„Vielleicht ist sie genauso ein blindes Hendl wie du."

„Sehr komisch ..."

„War sie heute auch im Kino?“

„Klar, sie lässt, seit der Hofrat hinüber ist, keine Spätvorstellung aus.“

Schorschi tippte sich an die Stirn und murmelte: „Ziemlich plemplem. Wenn du mich fragst, die war’s. Die ist eine echte Psychopathin.“

„Hat dich wer gefragt? Du redest genauso einen Stumpfsinn daher wie meine beiden alten Damen. Sicher ist die Tigerlady etwas eigenbrötlerisch, ein bisserl neurotisch vielleicht, aber Psychopathin ist sie deshalb noch lang keine. Außerdem: Ist es nicht besser, ins Kino zu gehen, als Abend für Abend allein zu Hause vor der Glotze zu hocken?“

„Darüber lässt sich streiten. Aber warum glaubst nicht, dass sie die Alten auf dem Gewissen hat? Nur weil die Bullen sie damals gleich wieder haben laufen lassen?“

„Blödsinn. Sie ist viel zu schwach, hätte niemals so einen alten Kerl um die Ecke bringen können. Schau sie dir doch mal genau an. Ein zaundürres Krepierl, kein Gramm Fett auf den Knochen, die wird doch selber bald die Nelken von unten riechen.“

„Die Tussi, heute in deinem Film, war ja auch so eine dürre Gräten, vorn und hinten wie ein Brettl, hat der Schurli gesagt. Was spielst denn auch immer so komische Filme?“

„Du meinst die Jean Seberg, die ist erstens keine Tussi und zweitens schon gar keine Gräten. Du und der Schurli, ihr leidet echt unter Geschmacksverirrung. Es kann ja nicht eine jede wie die Sophia Loren aussehen ...“

„Das ist wirklich ein Vollblutweib“, seufzte Schorschi sehnsüchtig, „aber so schöne italienische Filme mit der spielst du ja leider nicht.“

„Stimmt gar nicht. ‚Die Gräfin von Hongkong' hab ich mindestens schon dreimal im Programm gehabt, aber das ist dir anscheinend entgangen."

„Der schlechteste Hitchcock, hast du zumindest immer behauptet. Warum sollte ich mir ausgerechnet den anschauen?"

„Wegen der vollbusigen Sophia natürlich. Aber so groß scheint deine Liebe zu ihr auch nicht zu sein, du hast dir ja damals nicht einmal die ‚Scheidung auf Italienisch' mit mir anschauen wollen."

„Nur wegen dem Titel. Ich mag keine Ehedramen, das weißt du doch."

„Du bist und bleibst ein hoffnungsloser Fall."

Inzwischen waren sie beim „Nachtlberger" angelangt. Eine dicke Rauchschwade drang durch die offenstehende Tür des Cafés.

„Da haben wir die nächste Dreckschleuder", bemerkte sie spitz.

„Bei der Saukälte die Tür aufreißen, die spinnen wohl."

„Sei froh, dass sie die Hütte endlich mal lüften. In der Bude stinkt's doch eh wie in einem Pissoir."

Schorschi ging auf wie eine Pfingstrose und knallte seiner Freundin die Eingangstür des „Nachtlberger" vor der Nase zu.

25

Bevor auch Hermine K. das „Nachtlberger" betrat, nahm sie ihren Hut ab und streifte den Schnee von der Krempe. Dann hängte sie Mantel und Hut ordentlich auf den Garderobenständer, rieb sich über dem schwarzen Kohlenofen beim Eingang die geröteten Hände und stellte erleichtert fest, dass die fesche Sissi verschwunden war.

„Ich brauch jetzt was Stärkeres. Spendier mir einen Obstler, Schorschi!"

Mit zusammengekniffenen Lippen griff er nach einem Schnapsglas, füllte es bis zum zweiten Strich mit glasklarer Flüssigkeit und reichte ihr das Glas, ohne sie eines Blickes zu würdigen.

„Schau mir in die Augen, Kleiner." Sie zwinkerte ihm lächelnd zu.

Er lächelte nicht zurück.

Die vermummten Burschen, denen sie auf der Straße begegnet waren, lümmelten an der Theke. Glattrasierte Köpfe, pickelige, bartlose Gesichter. Keiner älter als sechzehn, obwohl alle drei wesentlich älter aussahen. Wahrscheinlich sind sie schon mit alten Gesichtern auf die Welt gekommen, dachte Hermine K.

Schorschi nahm den Glatzköpfen die fast leeren Biergläser weg und wischte mit seinem schmutzigen Lappen nicht nur die Theke, sondern auch ihre tätowierten Unterarme ab.

„Hej, kannst nicht aufpassen", protestierte der Größere von den dreien.

„Noch einmal dasselbe!", herrschte sein Adlatus den Oberkellner an.

Der Oberkellner spielte den Schwerhörigen.

„Hast nicht gehört, wir haben Durst!"

„Seit wann sind wir denn per Du? – Kannst nicht lesen?“

Er deutete auf das vergilbte Schild an der Wand und las laut vor: „An Angeheiterte und an Jugendliche unter achtzehn Jahren darf kein Alkohol ausgeschenkt werden.“

„Ich bin gerade achtzehn geworden.“

„Das kannst deiner Oma erzählen, Burschi. Zeig mal deinen Ausweis.“

Der Boss zückte seinen funkelnagelneuen Führerschein, grinste triumphierend und sagte: „Ich bürge für meine Kameraden. Und jetzt bringen S’ drei Krügerl, aber ein bisschen dalli, dalli, wenn ich bitten darf!“

„Dalli, dalli geht bei mir gar nix, und solang ich nicht die Ausweise von deinen Kameraden seh ...“, er ließ sich das „Kameraden“ genüsslich auf der Zunge zergehen, „kriegen sie höchstens ein Kracherl von mir. Du kannst sie ja bei deiner Halben mal kosten lassen. – Rotzlöffel, elendige“, sagte er leise zu Hermine K.

„Gut gemacht, Schorschi“, flüsterte sie und erntete einen dankbaren Blick.

Obwohl die Glatzköpfe nicht in der Nachtvorstellung waren, gehörten sie ihrer Meinung nach durchaus zum Kreis der Verdächtigen. Sie besaß jedoch nicht die geringste Lust, sich heute Abend auch noch mit Neonazis herumzustreiten. Außerdem fürchtete sie sich ein bisschen vor ihnen. Und irgendwas konnten die Bullen ja schließlich auch für ihr Geld tun. Sie würde einfach dem Oberinspektor einen Tipp geben und hoffen, dass er kein „AUF“-Wähler war.

Anstatt die Halbwüchsigen ordentlich ins Gebet zu nehmen, gesellte sie sich wieder zu den alten Damen und brachte das Gespräch geschickt auf die „Tigerlady“.

„Schorschi behauptet, dass diese Dame früher öfters mit dem Hofrat im ‚Nachtlberger' war."

Ella und Klara fielen ihr gleichzeitig ins Wort. Auch sie hatten die beiden mitsammen im Café gesehen.

„So eine präpotente Pfunsen", empörte sich Ella.

„Eine Anscheiberin, wie sie im Buche steht", fiel ihr Klara ins Wort, „glaubt, sie ist was Besseres als unsereins. Nicht einmal grüßen kann sie! Die hat bestimmt noch nie in ihrem Leben ehrlich arbeiten müssen. Aushalten hat sie sich lassen, das sieht man ihr heut noch an, ich weiß immer gleich, wenn eine ..."

„Du meinst, sie ist so eine ...?", Ella errötete schamhaft.

„Na, was denn sonst? Schau sie dir einmal genauer an. So eine Halbseidene erkennt selbst eine Blinde auf den ersten Blick."

„Sie spricht nicht mit uns, dabei haben wir ihr nichts getan", beklagte sich Ella mit weinerlicher Stimme.

„Sie spricht auch nicht mit mir. Vielleicht ist sie schüchtern", warf Hermine K. ein.

„Nüchtern?" Klara sprach dieses Wort aus, als wäre es eine tödliche Beleidigung. „Nüchtern? Die? Ich höre wohl nicht recht. Die säuft wie ein Loch. Entschuldigen Sie schon, Frau Karpfinger, aber Sie enttäuschen mich, Sie sind doch sonst nicht so naiv. Ich habe immer geglaubt, dass Sie über eine ordentliche Portion Menschenkenntnis verfügen." Klara war sichtlich aufgebracht und schien vor lauter Aufregung ihren Schluckauf vergessen zu haben.

„Schüchtern hat die Frau Karpfinger gesagt, Klara, schüchtern, nicht nüchtern", schrie Ella.

„Die ist auch alles andere als schüchtern. Übrigens war sie mit dem verblichenen Hofrat nicht nur im ‚Nachtlberger', wir haben sie auch zusammen in Ihrem Kino gesehen, und nicht nur einmal ..."

„Das unbekannte Gesicht im Dunkel der Nacht“, murmelte Hermine K.

„Ich bilde mir ein, dass sie sogar an jenem Abend, als der Lehrer ermordet wurde, in der Vorstellung war. Die Kripo sollte sich diese feine Dame einmal vorknöpfen, anstatt unsereins zu belästigen.“ Klara war jetzt in ihrem Element. Sie stürzte ihr Achtel in einem Zug hinunter und blickte die Kinobesitzerin verschwörerisch an.

„Sie ist nach dem ersten Mord genauso einvernommen worden wie alle anderen Kinobesucher. Ich habe sie damals zufällig am Kommissariat getroffen. Nein, stimmt nicht, nicht beim ersten Mord. Aber als der Hofrat dran glauben musste, war sie in der Vorstellung, und zwar mit ihm, das stimmt. Und die Kriminese haben sie damals ganz schön in die Zange genommen. Als der Oberstudienrat das Zeitliche gesegnet hat, war sie, glaube ich, nicht dabei, oder vielleicht doch, ich weiß nicht, ich bringe schon all die Morde durcheinander, kein Wunder ...“

„Aber ja“, unterbrach sie Ella, „damals war sie auch im Kino. Ich kann mir zwar keine Telefonnummern und keine Namen merken, aber ein Gesicht, das ich einmal gesehen habe, vergesse ich nie.“

„Wo Rauch ist, ist auch Feuer“, sagte Klara.

Ella schien nicht gewillt, sich erneut von ihrer Freundin die Show stehlen zu lassen. „Diese ... diese Person sieht sich anscheinend immer dieselben Filme an wie wir. Sie hat keinen schlechten Geschmack, das muss man ihr lassen – zumindest, was Filme betrifft“, fügte sie schnell hinzu, als sie Klaras bösen Blick auffing. „Angezogen ist sie aber immer unmöglich. Wenn ich so dünn wäre wie sie, würde ich mich hüten, enge Steghosen zu tragen. Äußerst unvorteilhaft! Und so ein dicker Pelz sieht einfach lächerlich aus, besonders wenn man so klein ist wie sie.“

„Ella, hör auf! Dein Modefimmel interessiert keinen Menschen!“

„Ich habe ja nur gedacht ... So ein Tigerfell ist ganz schön teuer. Oder ist es eine Imitation? Woher sie bloß das viele Geld hat? Auch eine Imitation kostet einen schönen Haufen.“

„Woher wohl? Spiel doch nicht immer die Unschuld vom Lande.“ Klara schenkte Ella einen erbosten Blick. „Sie wird sich schon die richtigen Männer aussuchen. Ein Hofrat hatte bestimmt keine schlechte Pension.“

„War aber höchstwahrscheinlich geizig. Viele von diesen alten Knackern sehen aus wie arme Schlucker, vor allem, wenn ihnen die Frauen weggestorben sind. Ich wundere mich oft, dass sie überhaupt den Fünfziger für die Kinokarte im Sack haben. Man kann sich allerdings täuschen, meistens sitzen sie einfach nur auf ihrem Geld“, seufzte Hermine K. Eigentlich hatte sie keine Lust, sich weiter an diesem idiotischen Streitgespräch zu beteiligen.

26

Die Kinobesitzerin fürchtete sich vor dem nächsten Morgen.

Wahrscheinlich wird mir nichts anderes übrigbleiben, als doch die Polizei anzurufen, selbst wenn ich keine Leiche vorzuweisen habe. Diesen dritten Mord einfach zu vertuschen, das werde ich mit meinem Gewissen sicher nicht vereinbaren können. Natürlich werden sie mir nicht glauben. Eine verschwundene Leiche – so was Idiotisches kann auch nur mir passieren!

Die kommenden Ereignisse lagen ihr schwer im Magen. Der ganze Wirbel mit Polizei und Presse, die vielen Schaulustigen und vor allem diese schrecklichen Fotografen, die nichts zum Fotografieren vorfinden würden ...

Auf jeden Fall werde ich mir morgen mein bestes Kostüm anziehen. Oder den schwarzen Nadelstreifanzug, den ich mir damals für Mamas Beerdigung gekauft habe? Aber in den pass ich sicher nicht mehr rein. Vielleicht sollte ich mich auch ein bisschen schminken? Die Haare werde ich mir heute auf jeden Fall noch waschen. Zwar wird es mir, trotz aller Anstrengungen, nicht gelingen, so gut wie Kim Novak in „Vertigo" auszusehen, aber wenn ich mir die Haare eindrehe und die grauen Strähnen mit Henna färbe, könnte ich eventuell als eine Art ältere Schwester von Shirley McLaine durchgehen. Zumindest möchte ich dieses Mal einen halbwegs passablen Eindruck machen. Auf dem letzten Zeitungsfoto habe ich wie eine alte Spinatwachtel ausgesehen. Selbst Schorschi hat das Bild äußerst unvorteilhaft gefunden.

Ellas schrille Kleinmädchenstimme brachte sie wieder in die Gegenwart zurück. „Der Oberschulrat ist mir übrigens ebenfalls bekannt vorgekommen, das habe ich schon der Polizei erzählt. Glaubst du nicht auch, Klara, dass wir ihm früher schon einmal begegnet sind? Vielleicht im Seniorenklub?"

„Wo?"

„In diesem sozialistischen Pensionistenverein ..."

„Nein, dort sicher nicht. Wir haben ihn einmal mit dieser Hure gesehen, erinnerst du dich? In der ‚Aida' in der Breitenfurter Straße ..."

„Du meinst, die Frau von diesem Taxler ist eine echte Hure? Nicht so eine wie die Phantom-Lady?"

„Die Tigerlady ..."

Klara ließ die Kinobesitzerin nicht ausreden. „Genau so eine! Frauen, die so aufgetakelt sind, machen es nur für Geld. In der ‚Aida' haben sie zwar nur Händchen gehalten, aber es bedarf wohl keiner besonders regen Fantasie, um sich auszumalen, was sie nachher miteinander getrieben haben. Blondes Gift, sag ich nur. Und bei seinem Begräbnis hat sie sich dann aufgeführt wie eines von diesen Klageweibern in diesem griechischen Film. Wie hieß der noch mal, Ella?"

„Alexis Sorbas."

„Und die Braut trug Schwarz", murmelte Hermine K.

„Stimmt, sie war ganz in Schwarz gekleidet. Trug sie nicht sogar einen kleinen schwarzen Schleier vor ihrem Engelsgesicht?"

„Eine Jean Simmons ist sie nun wirklich nicht", sagte Hermine K. etwas lauter.

„Fang nicht schon wieder an, Ella. Was sie getragen hat, ist jetzt völlig unwichtig. Wichtig ist allein, was sie getan hat."

Ausnahmsweise war die Kinobesitzerin einer Meinung mit Klara. Sie hatte sich damals ebenfalls verpflichtet gefühlt, am Begräbnis teilzunehmen. Schließlich hatte der Tod den alten Herrn in ihrem Kino ereilt. Und sie erinnerte sich jetzt, die beiden Damen auch dort gesehen zu haben. Ein Begräbnis lassen sich diese Leichenvögel nicht so schnell entgehen, hatte sie gedacht. Alten Leuten bereitete es wohl immer eine gewisse Genugtuung mitanzusehen, wie andere vor ihnen unter die Erde kommen. Und Lotte Blasicek hatte sich bei der Beerdigung tatsächlich etwas eigenartig benommen. Als der Sarg hinuntergelassen wurde, hatte sie bitterlich geschluchzt, und auch nachher hatte man sie kaum dazu bewegen können, das Grab zu verlassen. Sie hatte dem Toten nicht nur fünf vertrocknete Rosen mit auf den Weg gegeben, sondern auch immer wieder in die feuchte Erde gegriffen und eine Handvoll Erdklumpen, vermischt mit Kieselsteinen, aufgehoben und ins offene Grab rieseln lassen.

„Sie setzt dem armen Kerl ganz schöne Hörner auf. Lang wird er sich ihre Schweinereien nicht mehr bieten lassen, das sag ich Ihnen. Er hat sie heute Abend verfolgt ...“ Klara rülpste zur Abwechslung wieder einmal herzhaft.

Hermine K. brauchte eine Weile, bis sie kapierte, dass jetzt von Schurli die Rede war.

„Aber sie ist ihm entwischt“, fuhr Klara fort, „hat das Kino schon vor Ende der Vorstellung durch den Seitenausgang verlassen. Ich hab es ganz zufällig bemerkt, weil plötzlich ein Luftzug reingekommen ist. Ich bin sehr zugempfindlich, müssen Sie wissen. Ihr Mann ist kurz nach ihr gegangen, hat das Ende auch nicht mehr abgewartet. Aber sie war bestimmt längst über alle Berge. So ein raffiniertes Luder!“, fügte sie mit einer gewissen Anerkennung hinzu. „Sein Taxi hat er gleich bei uns ums Eck geparkt. Ella hat ihn auch gesehen. Und wie wir dann ins ‚Nachtlberger‘ gegangen sind, ist sein Wagen immer noch dort gestanden. Dabei haben wir zum Umziehen in unserer Wohnung bestimmt eine Viertelstunde gebraucht."

Hermine K. erinnerte sich nicht, Schurlis Wagen gesehen zu haben, als sie das Kino verlassen hatte. Aber das hatte nichts zu bedeuten. Wer achtete schon auf ein abgestelltes Taxi? Sie wurde schon den ganzen Abend lang den Verdacht nicht los, dass der Taxifahrer etwas zu verbergen hatte. Im „Nachtlberger" war er jedenfalls nicht nach dem Film. Und jetzt gab es sogar zwei Augenzeuginnen dafür. Er hatte also kein richtiges Alibi für die Tatzeit.

„Ich weiß nicht, was die Männer an dieser Sumpfzechen finden. So was von aufgedonnert! Morgens möchte ich der nicht begegnen." Ella verzog angewidert den Mund.

„In der Früh wirst du die sowieso nie zu Gesicht bekommen. Sie schläft garantiert bis Mittag. Schönheitsschläfchen nennt man das", beruhigte Klara ihre Freundin.

Doch dieses Mal behielt Ella das letzte Wort: „Man weiß ja, wie dumm die Männer sind. Auf eine hübsche Larve fallen sie allemal noch rein. Hitchcock hat schon Recht gehabt, dass er diesen hübschen coolen Blondinen misstraute."

Die drei Frauen prosteten sich zu.

„Komisch, dass keiner etwas gehört oder gesehen haben will", beendete Hermine K. dann das einvernehmliche Schweigen.

„Wie soll man denn bei all dem Krach auf der Leinwand etwas hören? Selbst wenn man so schwerhörig ist wie ich, platzt einem eines Tages noch das Trommelfell. Warum spielen Sie in letzter Zeit immer dieses neumodische Zeugs? Diese Franzosen haben doch nichts als Sex im Hirn." Mit einem lautstarken Rülpser beendete Klara ihre Vorwürfe.

„Dem Godard können Sie wirklich nicht nachsagen, dass er sich mit endlosen Knallereien oder ausschweifenden Sexszenen abgibt."

„Uns hat dieser Film jedenfalls nicht gefallen. Das war außerdem gar kein richtiger Krimi. Wir haben die alten, englischen Kriminalfilme viel lieber. Ella und ich sind eben mehr fürs Psychologische!"

„Haben Sie Französische Wochen?", fragte Ella. „Demnächst spielen Sie ja schon wieder was Französisches."

„‚Fahrstuhl zum Schafott' ist einer meiner Lieblingsfilme, den müssen Sie sich unbedingt ansehen. Jeanne Moreau in ihrer Glanzzeit ..."

„Auch so eine!", unterbrach Klara die Kinobesitzerin.

„Falls mich die unerfreulichen Schlagzeilen nicht dazu zwingen werden, das Kino zu schließen, werde ich Ihre Kritik bei der nächsten Programmgestaltung selbstverständlich berücksichtigen. Aber Sie müssen verstehen, dass ich auch auf die Wünsche meines jugendlichen Publikums eingehen muss."

„Die Polizei wird sicher nicht verhindern, dass Sie weiterhin so spannende Filme für uns spielen. Ihnen kann doch keiner einen Vorwurf machen. Und diese Schmierfinke von der Presse werden sich bestimmt auch bald wieder beruhigen." Ella tätschelte Hermine K. tröstend die Hand.

„Man darf nicht alle über einen Kamm scheren. Aber Sie haben schon Recht, die meisten dieser selbsternannten Kulturkritiker können mir gestohlen bleiben."

„Wir lesen nur die Sonntagszeitungen", bemerkte Klara.

„Weil die viel billiger sind", kicherte Ella.

Klara schenkte ihr einen strafenden Blick.

27

„Marandjosef, schauen Sie, wer da kommt!“, kreischte Ella. „Dieser Kinderverzahrer war heute Abend auch in der Vorstellung. Ich habe ihn sofort wiedererkannt, hab ihn nämlich schon öfters in Ihrem Kino gesehen. Wer mag das bloß sein?“

Klara und Hermine K. drehten sich um.

Der große dünne junge Mann mit dem schwarzem Schlapphut und dem langen schwarzen Ledermantel steuerte direkt auf sie zu und ging dann an ihrem Tisch vorbei, ohne sie eines Blickes zu würdigen.

„Tatsächlich. Was hat dieser Komplexler schon wieder hier zu suchen? Er ist doch gerade erst gegangen“, sagte Hermine K.

„Er erinnert mich ein bisschen an Tony Curtis als Frauenmörder von Boston. Ich krieg immer eine Gänsehaut, wenn ich ihn seh“, wisperte Ella.

„Stimmt. Die gleiche hübsche Visage, ein richtiger Feschak! Er sitzt übrigens immer am Rand, nimmt sich nie einen Platz in der Mitte. Und er ist Linkshänder. Als er mir das Geld für die Karte gab, hat seine Linke auffällig gezittert. Außerdem hat er demonstrativ vermieden, mir in die Augen zu sehen ...“

„Ein Linkshänder? Sehr verdächtig! Dieser Mann ist gefährlich“, murmelte Ella.

„Die Polizei sucht jedenfalls nach einem Linkshänder.“

„Mich erinnert er eher an Alain Delon. Ein eiskalter Engel ohne Skrupel und ohne Erbarmen, wenn Sie wissen, was ich meine.“ Klara runzelte nachdenklich die Stirn.

„Nein, wir liegen alle drei falsch. Eigentlich sieht er aus wie der junge Norman Bates.“ Ellas Stimme zitterte.

Plötzlich schien sich die alte Dame in eine Mischung aus Marion Crane und Normans Mutter zu verwandeln. Aufgeregt fuchtelte sie mit ihren skelettartigen Händen herum. Ihr Glas kippte um. Der Rotwein tropfte auf Klaras hellen Rock.

„Verdammt! Kannst du nicht aufpassen, Ella", schrie Klara. „Mein Gott, bist du ungeschickt! Einmal möchte ich erleben, dass du in einem Lokal nichts verschüttest. Und immer patzt du mich an, warum nicht zur Abwechslung einmal dich selbst? Rotweinflecken sind noch dazu so schwer rauszubringen."

„Sieht aus wie Blutflecken", sagte die Kinobesitzerin.

„Entschuldige, meine Liebe, ich mach das doch nicht absichtlich, ich bin nur so schrecklich nervös. Reg dich bitte nicht auf, das ist schlecht für deinen Blutdruck. Hier streu Salz drauf, das hilft."

„Schorschi, bring uns einen Fetzen", rief Hermine K.

Der Oberkellner eilte sofort herbei. „Haben die Ladies wieder einmal was umgeleert? Lassen Sie mich raten, wer's war, ich spiel auch gern Detektiv."

Klara hatte inzwischen ihren Rock mit einer Serviette abgewischt. „Danke, Herr Schorsch, wir brauchen Sie nicht mehr. Da, nimm meine Serviette, Ella, und trockne dir die Hand ab."

„Soll ich ein frisches Achtel bringen?"

Ella strahlte ihn freudig an.

„Ich denke, du hast für heute Abend genug, deine Augen sind schon ganz glasig", schritt Klara ein.

„Ich möchte aber noch ein Achterl", sagte Ella trotzig.

Schorschi wiederholte grinsend: „Ein Achterl für die Dame!"

Die Kinobesitzerin, die den jungen Mann an der Theke die ganze Zeit über nicht aus den Augen gelassen hatte, sagte, sobald der Oberkellner das Extrazimmer verlassen hatte: „Als ich das Kino zugesperrt habe, ist dieser Anthony-Perkins-Verschnitt vor den Schaukästen gestanden und hat so getan, als würde er sich die Fotos anschauen."

„Vielleicht hat er Sie abpassen wollen? Bestimmt hatte er es auf die Abendkasse abgesehen." Ella schien ernsthaft beunruhigt. Sie trommelte mit ihren langen, rosa lackierten Fingernägeln nervös auf die Tischplatte.

„Möglich, aber ich habe mich nicht vor ihm gefürchtet", prahlte Hermine K., „mit solchen Typen werde ich noch lange fertig. Ich habe ganz unauffällig meine kleine, handliche Spraydose aus der Manteltasche genommen und mit dem schweren Schlüsselbund in meiner Linken gespielt. Eine falsche Bewegung, und er hätte das Tränengas in den Augen und meine Faust mit den Schlüsseln in den Eiern gehabt."

„Auge um Auge, Zahn um Zahn!", sagte Klara.

„So einen Spray werde ich mir auch zulegen. Zeigen Sie ihn mir mal?", hüstelte Ella.

Hermine K. machte Anstalten aufzustehen.

„Sie sind wirklich eine ausgesprochen mutige Frau, findest du nicht auch, Klara?"

„Ja, ja, aber lass sie weitererzählen. Bleiben Sie doch sitzen, Frau Karpfinger, der Spray ist jetzt nicht so wichtig. Was haben Sie dann gemacht?"

Folgsam setzte sich die Kinobesitzerin wieder hin. „Nun, ich bin betont langsam an ihm vorbeigeschlendert. Er hat so getan, als würde er mich nicht sehen, ist einfach wie angenagelt dagestanden und hat das Plakat von ‚The Postman Always Rings Twice' angestarrt. Wahrscheinlich steht er auf die Jessica Lange. Ein komischer Kerl, aber vielleicht ist er auch völlig harmlos, ein armer Spinner ..."

„Vielleicht, vielleicht auch nicht", murmelte Ella

„Jedenfalls sieht er aus wie Mephisto höchstpersönlich, keine Farbe im Gesicht ..."

„Das Narbengesicht", warf Klara ein. „Pockennarben, nehme ich an. Ein von Gott Gezeichneter also."

„Er hat keine Narben, Klara."

Hermine K. stand auf und ging zur Theke. Die alten Damen riefen ihr etwas nach, das so ähnlich klang wie: „Lassen Sie ihn nicht entkommen ..."

„Nageln Sie ihn fest ..."

Verächtlich winkte sie ab. Ein Profi wie sie war nicht auf Ratschläge von Amateurinnen angewiesen.

Verlegen grinsend schaffte sie sich neben dem ganz in Schwarz gekleideten Fremden an der Theke Platz, ließ sich von Schorschi einen Großen Braunen geben, machte einen Schluck und sagte zu dem jungen Mann: „Guten Abend. Wie geht's?"

Sanft errötend drehte er sich um, doch hinter ihm stand niemand. Zweifellos war diese höfliche Frage an ihn gerichtet. Er ließ sie unbeantwortet, wandte sich an den Oberkellner und stotterte: „Zah...zahlen, bit...te."

Als er einen Zwanziger für sein Achtel auf die Theke legte, bemerkte Hermine K., dass an seiner Linken der kleine Finger fehlte. Alle seine Finger waren tätowiert. Ein kalter Schauer lief über ihren Rücken.

Er drückte sich den Hut etwas tiefer in die Stirn und verließ, ohne ihr auch nur einen Blick zu schenken, mit hochgezogenen Schultern das Café.

Warum haben große, dünne Männer immer so eine schlechte Haltung, warum versuchen sie bloß immer, ihre Größe zu verstecken, fragte sich Hermine K. Auch Schorschi neigte zu einem Buckel. Sie würde demnächst ein ernstes Wort mit ihm reden müssen.

Das kleine, in schwarzes Leder gebundene Notizbuch des seltsamen, jungen Mannes lag auf der Theke.

Mit einem raschen Blick vergewisserte sie sich, dass gerade keiner zu ihr hersah, und schob dann das Büchlein in ihre Hosentasche.

„Na, dein neuer Verehrer hat sich aber rasch wieder aus dem Staub gemacht. Er hat übrigens einen ähnlich komischen Hut auf wie du. Vielleicht hat er ihn auch vom Flohmarkt in der Neubaugasse? In letzter Zeit gehen nur mehr lauter Verrückte in deinem Kino aus und ein, fällt dir das nicht selbst schon auf?“, lästerte Schorschi.

Sie hielt es nicht der Mühe wert, sich eine passende Antwort einfallen zu lassen. Wortlos zog sie sich mit ihrer Beute auf die Toilette zurück.

28

Auf der dritten Seite stand mit stumpfem Bleistift und in Blockbuchstaben geschrieben:
DIE NACHT DER SCHWARZEN TRÄUME.
In kaum leserlicher Schrift ging es auf den nächsten Seiten weiter:

„Wenn das Böse unter der Sonne aus den Löchern kriecht, erwacht der Asphalt-Dschungel zu neuem Leben. Das heiße Pflaster brennt lichterloh. Noch vor Einbruch der Nacht liegt Angst über der Stadt. Der Tod kommt auf leisen Sohlen. Kalter Schweiß steht auf seiner Stirn. Es herrscht Todesstille. Fremde Schatten, Schatten des Todes legen sich über eine Stadt im Dunkel. Doch die Nacht kennt keine Schatten. Der Schrei der Großstadt unterbricht die Totenstille. Sind Mörder unter uns? Der Große aus dem Dunkel, der aus dem Regen kam, steht unter Verdacht. Er pflegt eine eiskalte Leidenschaft. Leben und sterben lassen, lautet seine Devise, und Raubmord ist seine Spezialität. Der Außenseiter mordet bei Tag und Nacht. Wie ein schwarzer Engel zieht er durch die Straßen der Nacht. Einer nach dem anderen geht ihm, im Banne des Grauens, in die tödliche Falle. Keiner spielt die Melodie des Todes so schön wie er. Doch Töten ist ein einsamer Job, und dem Satan singt man keine Lieder. Kaltblütig begeht er wieder einen Mord nach Maß am Rande der Nacht, geht dabei streng nach der Anatomie eines Mordes vor. Kein Mord ohne Zeugen. Die kleine Frenzy hörte Schritte in der Nacht. Das Fenster zum Hof stand offen und Marnie erwachte durch Schüsse um Mitternacht. Aber der Schlachter begnügt sich nie mit einem Mord. Schnelles Geld ist sein einziges Ziel. Wieder sind nur 48 Stunden vergangen. Das Morden nimmt kein Ende.

Der Tod kommt zweimal. Ein Mann geht über Leichen. Er tötet ohne jede Reue, tötet aus Hass, aus fataler Begierde und tödlicher Gier. Weitere bizarre Morde folgen in einer Nacht ohne Zeugen: Eine Dame verschwindet, ein Mord in Ekstase, ein Cocktail für eine Leiche, eine Leiche zum Dessert. Mord bleibt Mord! Seine Opfer bekommen ein nasses Grab. Nur prominente Tote schlafen besser im Familiengrab. Doch aus dem Reich der Toten kehrt keiner zurück. In der Stille der Nacht, über die sich das Schweigen der Lämmer breitet, verfolgt eine Frau aus dem Nichts, die eine gewisse Ähnlichkeit mit der schwarzen Witwe besitzt, die heiße Spur. Hautnah verfolgt sie seine Blutspur, erklimmt völlig außer Atem die 39 Stufen hinter ihm. Er hat einen mörderischen Vorsprung. Plötzlich scheint er spurlos verschwunden. Die Letzten beißen die Hunde. Blow out – Der Tod löscht alle Spuren. Doch wie 007 im Geheimdienst ihrer Majestät, nimmt sie die Spur des Falken, der auf den Schwingen des Todes reitet, wieder auf. Spuren von Rot weisen ihr den richtigen Weg. Allein gegen das Gesetz folgt sie der Spur der Gewalt. Die blaue Dahlie kennt keine Gnade. Ein Mann wird gejagt, inzwischen berühmt und berüchtigt. Grüne Augen in der Nacht, Augen der Angst, folgen ihm. Eine Frau sieht rot. Sie allein durchschaut das dreckige Spiel, seine nackten Lügen und tödlichen Tricks. Kaum ist der Blutmond aufgegangen, wird das Spiel mit dem Feuer erneut entfacht. Bereit zu sterben, legt sie einen Köder für den Killer aus. Der Mann nebenan scheint, jenseits allen Zweifels, der falsche Mann zu sein. Trau keinem Schurken, die Bestie in Schwarz führt bestimmt ein Doppelleben, warnt ihre innere Stimme. An einem einsamen Ort lauert plötzlich der Dritte im Hinterhalt. Der amerikanische Freund? Ein genialer Bluff? – Eine gefährliche Begegnung jedenfalls. Der Killer aus dem Dunkel ist der lachende Dritte. Aber wer hat schon Angst vor der Dunkelheit? Sie spielt ein gewagtes Spiel, lässt sich ein auf diesen Flirt mit dem Tod. Eine verhängnisvolle Affäre, ein mörderisches Dreieck, ein Spiel auf Leben und Tod, das Todesspiel beginnt. Sieben Stunden der Angst, schleichende Angst, nackte Angst. Die Teuflischen treiben mörderische Spiele mit ihr. Warte, bis es dunkel wird, du lebst nur noch 105 Minuten, droht der unsichtbare Dritte. Und der dünne Mann zeigt das zweite Gesicht. Ihr Basic Instinct sagt ihr: Heirate niemals einen Fremden, dennoch feiert sie eine blutige Hochzeit. Der Wachsblumenstrauß schmilzt in der Hitze der Nacht, und der Himmel steht still. Man lebt nur zweimal, und das Fleisch der Orchidee ist schwach, verrät ihr eine Stimme aus dem Jenseits. An einem blutroten Morgen bekommt der dritte Mann, der Mann im Hintergrund, der Mann, der zu viel wusste, von der Frau mit der 45er Magnum zum Nachtisch blaue Bohnen serviert. Nur die Sonne war Zeuge. Der Morgen danach: Getäuscht, vergewaltigt und diesem Engel mit der Mörderhand wehrlos ausgeliefert, fordert sie dennoch Gerechtigkeit für alle. Der Tag der Abrechnung ist nicht fern. Die Stunde der Bewährung naht. Sie versucht ihre Situation mit den Augen des Mörders zu sehen. Im Angesicht des Todes stellt sie dem Unerbittlichen ein paar tödliche Fragen. Seine Rechnung geht nicht auf. Sein gewagtes Alibi platzt schon beim ersten Verhör. Selbst Charlie Chan hätte es für ein fast perfektes Alibi gehalten. Das Biest muss sterben, beschließt die heißkalte Frau am Abend des folgenden Tages. Die Nacht des Jägers neigt sich langsam ihrem Ende zu. Leise erklingt die Melodie des Todes, und die Vögel heben an zum Schwanengesang. Nachtfalken stürzen sich auf die leichte Beute, und der Schakal hört die Engel singen. Der Abstieg zur Hölle beginnt. Es gibt kein Zurück. Der Tod kennt keine Wiederkehr. Sie stehen zwei Schritte vom Abgrund. Sein Leben ist in meiner Gewalt, auch Maigret kennt kein Erbarmen, denkt die Frau ohne Gewissen. Ein Kuss vor dem Tode, dann versetzt sie der Bestie einen Stoß und ruft ihr nach: Fahr zur Hölle, Liebling, aber stirb langsam!"

Ausgeschmückt war dieser Text mit mehr oder weniger gelungenen Bleistiftzeichnungen von verschiedenen Messern. Auch die ersten Seiten des Buches waren vollgekritzelt mit Fleischmessern, Taschenmessern, Springern, Finn-Dolchen, Stiletten, Bajonetten, Degen, Schwertern und anderen Stichwaffen. Unappetitliche Kaffee- und Fettflecken umrahmten diese „Kunstwerke".

Irritiert schloss Hermine K. das Notizbuch.

Ein verhinderter Kriminalschriftsteller? Oder handelte es sich um die abartigen Ergüsse eines Wahnsinnigen?

Schwer verunsichert verließ sie die Toilette und ging, die neugierigen Blicke der alten Damen und Schorschis „Geht's dir eh gut, Mimi?" ignorierend, zur Garderobe, steckte das kleine, schwarze Buch in die Tasche ihres Pelzmantels und stellte sich dann wieder an die Theke.

29

Ein kühler Luftzug – alle Blicke wandten sich zur Tür.

Lieselotte Blasiceks Auftritt im „Nachtlberger“ war nicht von schlechten Eltern. Mit arroganter Miene und ohne auch nur einen der Gäste eines Blickes zu würdigen, stelzte sie auf ihren extrem hohen Absätzen zur Theke.

„Guten Abend, Madame, welch unverhoffte Ehre zu so später Stunde“, begrüßte Schorschi sie und starrte auf ihre halbentblößten Brüste.

Lotte pflegte mit ihren Reizen nicht zu geizen. Unter ihrem offenen Pelzjäckchen trug sie ein hautenges tiefausgeschnittenes Seiden-T-Shirt, das sich sanft um ihren bemerkenswerten Busen schmiegte.

„Gib mir einen Gspritzten, und dann zisch ab“, fauchte sie den Oberkellner an.

Hermine K. grinste schadenfroh und registrierte, nach dem üblichen Bussi hin, Bussi her, mit einer gewissen Genugtuung das leicht ramponierte Aussehen ihrer Bekannten.

Lotte war gelernte Verkäuferin und hatte vor ihrer Hochzeit in einer Parfümerie gearbeitet, in der sie auch heute noch, jedes Jahr vor Weihnachten, aushalf. Der Job würde ihr großen Spaß machen, betonte sie oft, und am liebsten würde sie das ganze Jahr über halbtags arbeiten, aber ihr Mann erlaubte es nicht.

Eigentlich war sie die beste Werbung für diesen Parfümerieladen in der Linzer Straße. Ihr hübsches Puppengesicht war fast faltenlos, trotzdem ging sie nur perfekt geschminkt außer Haus. Aber heute waren sowohl ihr Rouge als auch ihr Lippenstift verschmiert, Wimperntusche und Lidstrich liefen ihr über die Wangen, und ihre Haare sahen ebenfalls etwas traurig aus.

Die sanft gewellte, blonde Mähne hatte sich in wasserstoffblonde Strähnen verwandelt.

Wahrscheinlich hat sie das falsche Tönungsshampoo erwischt, dachte Hermine K.

Doch Lottes superkurzer schwarzer Ledermini, der sich über ihrem dicken Hintern spannte, und ihre langen Beine zogen die Blicke der Männer magisch an. Ihre paar Kilo Übergewicht störten keinen, im Gegenteil, die Stammgäste des „Nachtlberger" wussten weibliche Rundungen zu schätzen.

Sie war siebzehn Jahre jünger als die Kinobesitzerin, dennoch machte ihr, der ehemaligen Vorstadt-Queen, das Alter bereits gehörig zu schaffen, und sie bemühte sich redlich, ihre sechsunddreißig Jährchen durch jugendliche Kleidung zu kaschieren.

„Ich habe eben noch Hitzen", quittierte sie Hermine K.s Frage, ob sie in dem dünnen Leibchen nicht frieren würde. Dann platzierte sie ihren dicken Hintern auf einen Barhocker und schlug die Beine übereinander.

„Schöne Beine hat die Kleine", lautete Schorschis Kommentar.

Nur ihre Knie sind etwas zu dick, meldete sich bei Hermine K. leise Kritik. Aber Lottes Beine konnten sich, von den Knien abwärts, tatsächlich sehen lassen. Schlanke Waden und zarte Fesseln, die durch ihre Vorliebe für Schuhe mit hohen Absätzen noch betont wurden. Hermine K. hatte sich mehrmals bemüht, diese „blöde Gans" davon zu überzeugen, wie ungesund es für den Unterleib wäre, auf diesen hohen Stöckeln herumzustolzieren.

„Mein Schnurrli mag mich eben so", pflegte Lotte ihre wohlgemeinten Ratschläge abzuwehren.

Schurli war ein Schuhfetischist. Er liebte es, wenn seine Lotte auf hohen Absätzen durch die Gegend wackelte. Angeblich musste sie ihre Stöckelschuhe auch im Bett anbehalten, zumindest hatte sie Hermine K. dies einmal, natürlich unter dem Siegel strengster Verschwiegenheit, anvertraut.

Gegen die Blödheit der Weiber ist eben kein Kraut gewachsen, dachte die Kinobesitzerin nicht gerade frauenfreundlich.

„Deine Tusche rinnt“, sagte sie und drückte ihrer Bekannten ein Papiertaschentuch und einen kleinen Spiegel in die Hand.

„Scheiße“, murmelte Lotte, als sie in den Taschenspiegel blickte. „Dieses Zeug wird auch immer mieser. Wasserfest steht auf dem Beipackzettel.“

„Vielleicht nur süßwasserfest?“

Frau Blasicek schien heute Abend nicht zu Scherzen aufgelegt.

„Was ist denn nur mit dir los, Mädel?“, fragte Hermine K.

„Mein Alter macht mich krank. Er spinnt total. Wenn du wüsstest, was er wieder aufgeführt hat. Bis in dein Kino hat er mich verfolgt. Ach ja, du musst ihn ja gesehen haben. An den Verdienstausfall will ich gar nicht denken. Normalerweise macht er abends in ein paar Stunden mindestens zwei Blaue. Aber heute hat er anscheinend was Besseres zu tun gehabt.“ Sie seufzte lautstark. „Der eigenen Frau nachspionieren – ist das nicht zum Kotzen? Natürlich hab ich so getan, als ob ich ihn nicht sehen würde. Er ist ganz hinten in der letzten Reihe gesessen und hat sich tief in seinem Sitz vergraben. Aber so eine Masse Mann ist einfach nicht zu übersehen. Ich hab’s satt, dauernd von ihm kontrolliert zu werden. Nicht einmal ins Kino kann ich mehr gehen, ohne dass er mir nachschnüffelt.“

Lotte Blasicek schnäuzte sich in das beschmierte Papiertaschentuch.

„Warum bist du früher abgehauen? Hat dir der Film nicht gefallen? Oder ist dir der alte Knacker an die Wäsche gegangen? Man versäumt doch nicht den Schluss bei einem Godard. Das Ende ist immer das Beste ..."

„Hej, was soll das? Willst du mir jetzt auch noch eine Strafpredigt halten? Übrigens fand ich den Film nicht so besonders. Außerdem hast du doch gesagt, Richard Gere würde die Hauptrolle spielen."

„Du hörst mir nie richtig zu. Richard Gere spielte Belmondos Rolle in dem miesen Remake von ‚Atemlos'."

„Wieso mies, Richie ist mein absoluter Favorit."

„Ich weiß, aber lassen wir das ..."

„Nein, ich wollte dir schon lange mal sagen, dass mir dieses altmodische Zeug, was du immer im Programm hast, auf den Geist geht. Warum spielst du nicht einmal einen wirklich tollen Krimi mit Michael Douglas zum Beispiel, den find ich unheimlich sexy, oder auch irgendwas mit dem Travolta. Sein Hüftschwung ist echt Superklasse."

„‚Pulp Fiction' ist viel zu teuer, Baby."

„Dann darfst du dich aber auch nicht wundern, dass du, außer diesen paar verschrumpelten Heugeigen, keine Leute in den Vorstellungen hast ..."

„Es hat mich jedenfalls gewundert, dass du vorm Finale abgehauen bist."

„Ich wollt halt unbedingt vor meinem Schnurrli zu Hause sein. Außerdem verspürte ich plötzlich das dringende Verlangen, mir mein Näschen zu pudern."

„Wieso hat denn dein Schurli überhaupt gewusst, dass du ins Kino gehst?"

„Ich hab ihm einen Zettel auf dem Küchentisch hinterlassen: ‚Darling, ich bin im Kino!' – Aber was geht dich das eigentlich an?"

Hermine K. zuckte mit den Schultern und schenkte ihrer Bekannten einen arroganten Blick.

„Auf die Idee, dass er mir nachlaufen würde, bin ich jedenfalls nicht gekommen. Ich geh am liebsten allein ins Kino. Seine blödsinnigen Kommentare können mir gestohlen bleiben. Mein Schatzi weiß immer alles besser. Vielleicht sollte er selbst mal einen Film drehen. – Der Zettel ist übrigens noch dort gelegen, als ich heimkam. Aber er hat ihn bestimmt gelesen."

Lotte zog ihre Blaufuchsjacke aus und legte sie vorsichtig über ihre Knie.

„Tolles Jäckchen", bemerkte die Kinobesitzerin nicht ohne Neid.

„Weihnachtsgeschenk. Oder besser gesagt, vorweihnachtliches Geschenk. Mein Schnurrli hat letzte Woche zugeschlagen. Wahrscheinlich hat ihn sein schlechtes Gewissen geplagt."

30

Hermine K. überlegte, ob sie mit Lotte Blasicek ernsthaft über ihre Probleme sprechen sollte. Schorschi und die alten Damen schienen ihr nicht die geeigneten Gesprächspartner in Sachen Mord zu sein. Andererseits war Lotte, wenn man es genau nahm, eine Verdachtsperson.

„Aber ich rede dauernd nur von mir, du siehst auch nicht gerade happy aus. Und dieser Spaghettivorhang steht dir überhaupt nicht. Außerdem bist du wieder einmal total unmöglich angezogen. Schwarz kann sich eine Frau in deinem Alter wirklich nicht mehr erlauben. Schwarz macht alt, glaub mir das endlich", sagte die falsche Blondine.

„Aber auch schlank."

„Nimm lieber ein paar Kilo ab." Lotte musterte die Kinobesitzerin kritisch von oben bis unten.

„Du darfst gerade reden, du hast seit letztem Sommer auch ganz schön zugelegt. Aber hältst du dieses Thema wirklich für abendfüllend?" Hermine K. runzelte verärgert die Stirn und fragte ihre Bekannte noch einmal, warum sie das Kino vorm Ende der Vorstellung verlassen hatte.

„Obwohl ich nicht so besonders auf den Belmondo steh, mir der Richard Gere, wie gesagt, um Häuser lieber gewesen wäre, wollte ich doch nicht mitansehen, wie er draufgeht. Ich hab gewusst, dass er am Ende abkratzen wird, also bin ich lieber vorher gegangen, außerdem hab ich dringend Lulu müssen."

„Warum bist du nicht im Kino aufs Klo gegangen?"

„Entschuldige, Mimi, aber deine Toiletten sind eine Zumutung für eine Dame. Von dem Gestank kann einem richtig schlecht werden. Du könntest deine liebe Milena wenigstens täglich die Häusl putzen lassen. Einmal die Woche reicht eben nicht. Du hast zu viele Prostata-Fälle.“

Schuldbewusst senkte Hermine K. den Blick. Herren- und Damentoilette der KARPFINGER-LICHTSPIELE befanden sich in einem winzigen Raum gleich neben der Kasse. Stand eine der Klotüren offen, konnte man die andere nicht mehr aufmachen, beziehungsweise schließen, und die Männer ließen beim Pinkeln sowieso immer die Tür offen. Sie musste Lotte widerwillig Recht geben. Der Gestank vom Pissoir war wirklich unerträglich. Deshalb sagte sie auch ziemlich kleinlaut: „Ja, ich weiß, aber ich kann mir die Milena einfach nicht sieben Mal in der Woche leisten. Manchmal mach ich eh selber sauber, aber mir graust genauso wie dir.“

„Klar, ist ja auch in Ordnung, doch dann kannst du's mir erst recht nicht verübeln, wenn ich lieber zu Hause aufs Klo geh.“ Sie warf einen Blick auf ihre Armbanduhr. „Komisch, dass mein Schnurrli heute noch nicht da ist.“

„War da, hat sich aber gleich wieder verdrückt. Das personifizierte schlechte Gewissen, sag ich dir.“

„Wieso?“

„Na ja, blöd herumgelogen hat er ...“

„Gelogen?“

„Ja, ich hab ihm ein paar unangenehme Fragen gestellt, wegen dem Mord ...“

„Welchem Mord?“

„Dein Begleiter ist abgemurkst worden.“

„Spinnst du? Welcher Begleiter?“

„Der Alte, der neben dir gesessen ist.“

„Waas?“, kreischte Lotte so laut, dass sich einige Gäste nach den beiden Frauen umdrehten.

„Nicht so laut. Es braucht ja nicht jeder zu erfahren, dass ich schon wieder eine Leiche habe. Ich bin nur ziemlich am Ende mit meinem Latein. Wer war denn der Alte überhaupt?"

„Keine Ahnung, ich hab ihn nicht gekannt."

„Ehrlich nicht? Na, jedenfalls ist er jetzt hinüber, ermordet halt ..."

„Mich trifft gleich der Schlag. – Schorschi, ich brauch einen Whisky, einen doppelten. – Ist das wahr, ich mein, ist er wirklich umgebracht worden? Ich mache keinen Schritt mehr in dein Kino, Mimi, das ist ja eine ... eine richtige Mördergrube ..."

Sie leerte das Whiskyglas in einem Zug und bestellte ein Viertel weiß. „Als ich ging, war er noch ziemlich lebendig, hat sich zwar nicht gerührt, seine arthritischen Knie nicht weggenommen, als ich mich an ihm vorbeigezwängt hab – es ist schrecklich eng in deinem Kino, kannst du dir nicht endlich mal neue Sitze anschaffen? Ich war übrigens überzeugt, diese verkalkte Mumie macht das absichtlich. Er hat mich während der Vorstellung auch mal angegrapscht, aber ich hab ihm ordentlich auf die Finger geklopft ..."

„Du hast ihn also nicht persönlich gekannt?"

„Aber nein, glaubst du, ich kenne alle senilen Idioten in deinem Kino? Du bist ja ärger als der Schurli. Dieser Gruftspion ist rein zufällig neben mir gesessen. Alte Männer setzen sich eben gern neben junge, hübsche Frauen", fügte sie mit einem koketten Lächeln hinzu.

„Und wer ist sonst noch in deiner Nähe gesessen?"

„Keine Ahnung. – Nein, wart mal, hinter uns saß, glaube ich, diese verrückte Tussi, die immer im Tiger-Look herumläuft. Diese Uroma hält sich wohl für Tina Turner persönlich. Als ich kam, hat sie sich ein Stück weiter weg gesetzt, wahrscheinlich hat sie nicht über mich drübergesehen – mein Vater war halt kein Glaserer –, oder mein Parfüm hat ihr missfallen, ich verwende seit neuestem …"

„Sehr interessant", unterbrach sie Hermine K., die für Parfümerie-Geschwätz nichts übrig hatte. „Aber den Oberschulrat hast du schon gekannt?"

„Welchen Oberschulrat? – Ah so, du meinst meinen ehemaligen Hauptschullehrer. Erinnere mich lieber nicht an diesen schrecklichen Abend, es war einfach furchtbar. Er war mein Klassenvorstand, und er war wie ein Vater für mich. Der einzige Mensch, der mich je verstanden hat …" Lotte seufzte und fuhr mit weinerlicher Stimme fort: „Ich konnte über alles mit ihm reden, über Schurli und seine blöde Eifersucht, über meine Gewichtsprobleme … ach, Hermine."

Nicht nur Lotte war ohne Vater aufgewachsen, auch Hermine K. hatte in ihrer Kindheit auf den Vater verzichten müssen. Sie hatte ihn nicht gekannt. Normandie 1944, ein paar Fotos, ein paar Briefe, mehr war von ihrem Herrn Papa nicht übriggeblieben. Er war kein Nazi gewesen, hatte nicht einmal mit ihnen sympathisiert. Um in den Widerstand zu gehen, hatte es ihm aber wohl an Mut gefehlt, lieber hatte er sich als einfacher Wehrmachtssoldat auf dem Feld der Ehre abschlachten lassen.

„Dieses Schwein, das ihn auf dem Gewissen hat, haben sie noch immer nicht erwischt, oder?", beendete Lotte die traurigen Gedankengänge der Kinobesitzerin.

„Nein, leider nicht."

„Ich könnt ihn umbringen!"

„Nicht schon wieder!"

„Also ich schwöre dir, Mimi, der Alte von heute Abend hat noch gelebt, als ich gegangen bin. – Wie ist er denn überhaupt umgebracht worden?"

„Messer“, flüsterte Hermine K. Eine ausführlichere Schilderung der Bluttat war nicht möglich, da in diesem Moment Lottes Ehemann das „Nachtlberger“ betrat.

31

„Na endlich“, empfing Lotte ihren Mann gereizt, „ich hab schon gedacht, du willst heut überhaupt nicht mehr Schluss machen.“

„Wo warst du?“, herrschte er sie statt einer Begrüßung an und packte ihren Arm.

„Au, du tust mir weh.“

„Wo du warst, will ich wissen.“

„Im Kino.“

„Das weiß ich. Aber nachher?“

„Wo werd ich schon gewesen sein? Zu Hause natürlich.“

„Da war kein Licht, als ich vorbeigefahren bin.“

Die Blasiceks wohnten in einem Genossenschaftsbau aus den sechziger Jahren. Wohn- und Schlafzimmerfenster gingen direkt auf die Penzinger Straße hinaus.

„Ich bin in der Küche gesessen und hab was gegessen, glaubst du, da mach ich in der ganzen Wohnung Festbeleuchtung? Du sagst doch immer, ich soll sparen.“

Das Küchenfenster ging in einen Hinterhof hinaus. Hermine K. schenkte ihr einen anerkennenden Blick.

Dem Taxifahrer schien so schnell keine passende Antwort einzufallen. Er schaute ziemlich verdattert drein.

Schorschi fragte seinen Freund, ob er ein Bier oder gleich etwas Stärkeres brauchen würde.

„Gib mir einen Slibowitz“, sagte Schurli gereizt und fuhr sein holdes Eheweib an: „Und mit wem warst im Kino? Pass auf, was du sagst, ich weiß genau, dass du nicht allein warst.“

„Naturdepp“, fauchte Lotte, kehrte ihm den Rücken zu und wandte sich wieder an Hermine K.: „Erzähl weiter, wann hast du die Leiche gefunden?“

Noch bevor die Kinobesitzerin antworten konnte, brüllte Schurli so laut, dass es jeder im Lokal hören konnte: „Dreh dich um und lüg mir ins Gesicht, wenn du dich traust. Wie viel hast du ihm denn abgeluchst? Einen Fünfer fürs Blasen? Oder machst du es jetzt schon für eine Kinokarte?"

So schnell, wie er gar nicht schauen konnte, hatte er die Fingerabdrücke seiner Ehefrau im Gesicht. Er holte aus, überlegte es sich dann aber anders, rieb sich die gerötete Backe und zischte: „Sie treibt's mit jedem und im Blasen ist sie first class, wenn ich mich richtig erinnere."

Die zweite Ohrfeige seiner Frau fing er geschickt ab. Blitzschnell drehte er ihr den Arm auf den Rücken.

„Auseinander ihr zwei, raufen könnt ihr zu Hause."

„Du halt bloß die Goschen, Schorsch! Misch dich ja nicht ein. Außerdem bin ich dir eh noch was schuldig von damals ..."

Wie ein geprügelter Hund verzog sich der Oberkellner ans andere Ende der Theke und begann, Gläser abzuwaschen.

„Mit diesem Vifzack hast du's ja auch getrieben!"

„Jetzt hörst endlich auf", fuhr ihn Hermine K. an. „Die Lotte hat gesagt, dass sie rein zufällig neben dem alten Herrn gesessen ist."

„Ich kragel alle ab!" Schurlis Gesicht ähnelte einem roten Ballon.

„Vielleicht hast du das eh schon erledigt. Jedenfalls hab ich aus verlässlicher Quelle erfahren, dass du nach der Vorstellung nicht gleich ins ‚Nachtlberger' gegangen bist. Lügen haben immer kurze Beine", fügte sie laut hinzu, so dass auch Schorschi, der mit nahezu versonnenem Gesichtsausdruck ein Glas nach dem anderen über die Bürsten gleiten ließ, ihre Worte hören konnte.

Schurli lief noch um eine Spur dunkler an, was bei seiner gesunden Gesichtsfarbe kaum auffiel, und sagte ziemlich kleinlaut: „Ich bin vorm Ende gegangen, wollte mir die grausliche Schlussszene ersparen, hab mir das Gemetzel lebhaft vorstellen können."

„Und auf wen hast du draußen in deinem Wagen gewartet?"

„Na auf wen schon? Auf die Gnädigste natürlich. Wollte schauen, wo sie mit dem alten Trottel hingeht. Aber ich hab umsonst gewartet, sie ist gar nicht rausgekommen."

„Jetzt behauptet er gleich, ich hätte den Alten am Gewissen", kreischte Lotte. „Das gibt's doch nicht, dass er mich nicht gesehen hat ..."

„Sei ruhig, ich rede jetzt mit deinem Mann. – Und wie lange bist du in deinem Taxi gesessen?"

„Eine Viertelstunde vielleicht. Aber ich wollte nicht behaupten, dass die Lotte diesen Scheißkerl ..."

„Hat ja keiner gesagt", würgte Hermine K. seine Erklärungen ab. „Und was hast du dann gemacht? Bist du wieder zurück ins Kino und hast diesen armen alten ..."

„Hör auf mit deinen schwachsinnigen Verdächtigungen. Eine Fuhr hab ich gehabt, nach St. Veit raus."

„Das kann man nachprüfen. Und du kannst Gift drauf nehmen, dass ich es überprüfen werde."

„Erkundige dich ruhig in der Zentrale", schlug Schurli vor. Er klang nicht gerade sehr selbstsicher.

„Wenn du lügst, dann gnade dir Gott!"

Aus dem Lautsprecher ertönte in unerträglicher Lautstärke „Wiener Blut". Schorschi hatte sich wieder einmal als Discjockey betätigt.

„Was soll der Krawall? Willst du mein Verhör sabotieren?", schrie ihn Hermine K. an.

„Jetzt gib endlich Ruh, du Grantscherben, merkst nicht, dass du allen auf die Nerven gehst?“, konterte Schorschi.

Beleidigt griff Hermine K. nach ihrem Bierglas und ging zu den alten Damen, die sie bereits voller Ungeduld erwarteten.

„Was war denn los? Die haben so laut geschrien, dass wir es bis hierher gehört haben. Sie hat ihn geschlagen, gell?“, fragte Klara grinsend.

Hermine K. musterte die alten Ladies belustigt. So ein Schauspiel wurde ihnen bestimmt nicht alle Tage geboten. Spannender als Kino, dachte sie und fragte dann: „Haben Sie zufällig gesehen, dass der Herr Blasicek noch einmal weggefahren ist?“

„Übers Blasen haben sie geredet, oder? In aller Öffentlichkeit – solche Schweine!“, empörte sich Klara.

„Wir sprechen über den Herrn Blasicek, Klara!“, fühlte sich Ella bemüßigt einzugreifen. Sie erinnerte die Kinobesitzerin an einen gierigen kleinen Vogel, als sie ihre blassrosa Lippen spitzte und wie ein Wasserfall auf sie einredete: „Sein Wagen ist die ganze Zeit über dort gestanden, aber er war nicht die ganze Zeit im Auto. Als wir nach Hause gegangen sind, ist er drinnen gesessen. Aber als wir in der Wohnung waren und ich runtergeschaut hab, war das Taxi leer, daran erinnere ich mich genau.“ Sie beugte sich vor und flüsterte verschwörerisch: „Und ich hab ihn auch beobachtet, wie er wieder eingestiegen ist. Leider hab ich von unserem Fenster aus nicht sehen können, woher er gekommen ist.“

„Und wann war das genau? Ich meine, wann ist er wieder zurück zu seinem Wagen?“

„Also etwa fünfzehn oder zwanzig Minuten nach dem Ende der Vorstellung, würd ich sagen.“

„Sehr gut, danke, Ella, Sie haben mir sehr geholfen. Ihre Beobachtungsgabe ist ausgezeichnet."

Die alte Frau errötete vor Freude über das Kompliment und fuhr aufgeregt fort: „Sie glauben, er war's? Ja, warum auch nicht. So eine Frau kann einen Mann schon zur Weißglut treiben."

„Ein Satansweib ist sie, das habe ich vorhin schon gesagt", mischte sich Klara ein.

Die Kinobesitzerin hatte weder Lust, Lieselotte Blasicek zu verteidigen, noch sich weitere giftige Bemerkungen der alten Damen anzuhören. Sie erhob sich.

„Aber Sie haben uns noch gar nicht erzählt, was das Verhör mit dem jungen Bates ergeben hat", versuchte Ella sie zurückzuhalten.

„Er ist mir leider entwischt", sagte Hermine K. beschämt.

„Diese scharfen Blondinen wischen immer alles vom Tisch", behauptete Klara rülpsend.

„Wie konnte Ihnen das nur passieren?", insistierte Ella.

„Er war einfach schneller als ich, hat mich überrumpelt, indem er einen Zwanziger auf die Theke gelegt und sich aus dem Staub gemacht hat. Hätte ich ihn mit Gewalt zurückhalten sollen?"

„Warum nicht?", fragte Ella.

„Wer hat einen Zwanziger liegengelassen", mischte sich Klara wieder ins Gespräch.

„So geht's mir immer", flüsterte Ella, „sie ist einfach zu eitel, um ein Hörgerät zu tragen."

32

Lotte Blasicek hing sich bei ihrem Mann ein und stolperte neben ihm her zum Taxi.

„Möchst dich nicht lieber umziehen?“ Er schenkte ihrem Blaufuchsjäckchen einen besorgten Blick. „Nicht, dass du's anpatzt. Hat mich allerhand Schweiß und Blut gekostet.“

„Du hast doch gesagt, dass er gut verpackt ist.“

„Trotzdem. Aber wie du willst.“ Galant öffnete er ihr die Wagentür und war ihr auch beim Einsteigen behilflich. Das Schneetreiben war dichter geworden. Schurli fluchte hin und wieder über den linken Scheibenwischer, der ein verdächtiges Ächzen von sich gab.

„Der alte Kübel wird auch bald den Geist aufgeben“, sagte Lotte.

„Hauptsache, er macht's heute Nacht noch.“ Damit war das Gesprächsthema beendet.

Schurli mied die Kreuzung Linzer Straße/Hütteldorfer Straße und wich auch dem Gürtel großräumig aus. Zuviel Polizei war nachts am Strich unterwegs. In eine Routinekontrolle gelangweilter Verkehrspolizisten zu geraten, war so ziemlich das Letzte, was er gebrauchen konnte. Die Radarfallen auf der Wienzeile stellten keine Gefahr für ihn dar. Er kannte sie alle, wusste genau, welche eingeschaltet und welche nur Attrappen waren. Trotzdem fuhr er langsam, aber nicht zu langsam. Auf der rechten Wienzeile war auch um diese späte Stunde noch relativ viel Verkehr. Um das Nachtfahrverbot schienen sich die Lastler aus dem Osten nicht zu kümmern.

Am Schwarzenbergplatz gerieten sie in einen kleinen Stau. Der letzte D-Wagen war steckengeblieben. Ein BMW blockierte die Schienen. Neben dem schicken Wagen stand, heftig gestikulierend, ein sehr junger, elegant gekleideter Mann.

„Obergscheiterl“, schimpfte Schurli und schloss sich dem Hupkonzert der anderen Autofahrer an.

Lotte quittierte den sinnlosen Krach mit missbilligenden Blicken, verbarg ihr Gesicht in der Pelzjacke und schloss die Augen.

„Wenn ich was zu sagen hätte, würde ich diese Milchbubis alle noch mal auf den ÖAMTC-Übungsplatz schicken, bevor ich sie mit dem Papa seinem BMW auf die Straßen loslassen tät.“

„Du hast zum Glück aber nichts zu sagen“, murmelte Lotte in ihren Pelz.

Begleitet von guten Ratschlägen der anderen Autofahrer, versuchten schließlich der Straßenbahnfahrer und seine Fahrgäste, die Schienen von dem lästigen BMW zu befreien.

Schurli beteiligte sich nicht an der Straßenräumung. Er zündete sich eine Zigarette an und fragte seine Liebste: „Willst Radio hören, Schatzi?“

Sie schüttelte den Kopf.

„Der da oben hätt jetzt sicher auch gern eine Papirossi.“ Er deutete auf den Rotarmisten vor dem Belvedere, aber es gelang ihm nicht, seiner Frau ein kleines Lächeln zu entlocken.

„Der friert sich bei diesem Sauwetter den Arsch ab“, versuchte er es noch einmal.

Sie schwieg beharrlich. Auch als es endlich weiterging, gab sie keinen Ton von sich.

Schurli war froh, als die Eisenbahnunterführung in Sicht kam. Von hier war es nur mehr ein Katzensprung bis zu seiner Werkstatt.

„In Simmering sieht’s nach wie vor aus wie im Ostblock, daran können auch die vielen Supermärkte und

Einkaufszentren nichts ändern“, begann Lotte wieder zu meckern.

„Es dürfte dir entgangen sein, dass es keinen Eisernen Vorhang mehr gibt, Schatzi. Aber in Geschichte warst ja nie besonders gut.“

Seit ein paar Jahren wurde im elften Wiener Gemeindebezirk tatsächlich viel gebaut. Tankstellen, Geschäftslokale und vor allem Bürocenter schossen wie Schwammerln in einem feuchten Sommer aus dem Boden. Schon nach ein paar Monaten sperrten die meisten wieder zu. Nur die Friedhofsgärtnereien blühten und gediehen das ganze Jahr über.

„Nirgendwo anders in Wien gibt's so viele leerstehende Geschäfte und Büroräume wie hier, hab ich in der Krone gelesen“, fuhr Lotte fort. „Die Büros bieten s' bereits zu Schleuderpreisen an. Aber welcher ernstzunehmende Geschäftsmann, der etwas auf sich hält, lässt sich ausgerechnet in Simmering nieder?“ Sie schenkte ihrem Mann einen abfälligen Blick.

„Komisch, dass die Grundstückspreise trotzdem rapid ansteigen“, konterte er.

Als sich der Taxifahrer vor zwölf Jahren den tausend Quadratmeter großen Baugrund schräg gegenüber dem Zentralfriedhof gekauft hatte, war der Quadratmeterpreis um die Hälfte niedriger gewesen als heute.

Er genoss es, so gut wie keine Nachbarn zu haben. Das Grundstück rechter Hand diente einem Steinmetz als Freiluftgalerie für seine Grabsteine. Und zu seiner Linken machte sich eine Gstätten breit.

Schurli war sehr stolz auf seinen eigenen Grund und Boden. Er hatte sich zwei mit Wellblech gedeckte Holzhütten hingestellt, die eine diente ihm als Büro, die andere als Werkstatt.

Lotte pflegte über diese Hütten immer nur zu schimpfen. „Hier sieht's aus wie in den Slums von Rio", lautete die Standardkritik bei ihren seltenen Besuchen.

Sie war noch nie in Rio de Janeiro gewesen, kannte die Favelas nur aus dem Fernsehen. Aber in einer schwachen Stunde hatte er ihr einmal eine Reise zum Karneval versprochen. Und sein liebes Frauchen pflegte ihn mit einer gewissen Regelmäßigkeit an dieses etwas voreilig gegebene Versprechen zu erinnern.

Als gelernter Automechaniker sparte er viel Geld, indem er in der kleinen Werkstatt fast alle Reparaturen an seinem Taxi selbst erledigte. In jüngster Zeit hatte er sich sogar einige Gebrauchtwagen zugelegt. Eigentlich waren diese Rostschüsseln, die er manchmal sogar geschenkt bekam, reif für den Autometzger. Die Besitzer waren froh, für die Verschrottung nichts bezahlen zu müssen. Dank seiner Geschicklichkeit gelang es ihm aber meistens, aus diesen Wracks noch durchaus passable Gebrauchtwagen zu machen. Die vielen Touristen aus dem Osten, die Wien zurzeit überschwemmten, zählten zu seinen besten Kunden. Momentan hatte er nur einen Lada Taiga, einen völlig verrosteten Skoda, einen antiken VW-Käfer und seinen alten Mercedes, den Vorgänger seines jetzigen Wagens, herumstehen.

33

Schurli hatte es nie übers Herz gebracht, sich von seinem ersten Taxi, einem Mercedes Diesel, Baujahr 1972, zu trennen. Allerdings hatte er sich, als es mit dem Wagen zu Ende ging, an der Ecke Zehetnergasse/Cumberlandstraße von einem métalliséblauen Golf GTI abschießen lassen. Der kleine Zusammenstoß hatte ihm einen zweitägigen Krankenhausaufenthalt eingebracht – Verdacht auf innere Verletzungen –, äußerlich hatte er nicht die kleinste Schramme abbekommen. Der Schicki-Micki, der ihn auf dem Gewissen hatte, war auch mit einem blauen Auge davongekommen, hatte aber ganz schön brennen müssen.

Bei der Erinnerung an diesen Geniestreich musste Schurli grinsen, obwohl ihm heute beileibe nicht nach Lachen zumute war.

Die Karosserie des alten Diesels war total verbeult, das Fahrgestell durchgerostet. Er hatte gar nicht erst versucht, ihn zu reparieren und als Gebrauchtwagen zu verscherbeln. Das Wrack war für ihn zu einer Art Maskottchen geworden.

Seine Gebrauchtwagen-Deals brachten zwar nicht das große Geld, stellten aber einen durchaus lukrativen Nebenverdienst dar, von dem seine Frau allerdings nichts wissen durfte. Sie beklagte sich in letzter Zeit häufig darüber, dass er sie vernachlässigte, glaubte aber, er würde die Nächte hinter dem Lenkrad seines Taxis verbringen. Er würde höllisch aufpassen müssen, dass sie nicht doch eines Tages hinter seine Nebengeschäfte käme. Zum Glück besuchte sie ihn nur höchst selten hier draußen. Vielleicht war es ein Fehler gewesen, sie mitzunehmen? Schurli war sich der Gefahr, in der er schwebte, voll bewusst und schenkte seiner Lotte einen traurigen und zugleich ängstlichen Blick.

Eigentlich war alles nur ihre Schuld. Ihretwegen hatte er den Kopf verloren und raste zu dieser unchristlichen Zeit, noch dazu bei Schnee und Eis, in Wien herum, und riskierte wenn nicht sein Leben, so zumindest seine Freiheit.

Als die Simmeringer Steinmetzbetriebe in Sicht kamen, wurde Lotte wieder etwas lebhafter. „Ganz Simmering sieht aus wie ein einziger Friedhof", stöhnte sie. „Ich versteh bis heute nicht, warum du dir ausgerechnet beim Zentralfriedhof ein Grundstück hast zulegen müssen. Um das Geld hätten wir doch auch einen hübschen Schrebergarten auf der Schmelz oder gar an der alten Donau kriegen können. Weißt eh, so ein kleines Garterl mit einem Häuserl, vielleicht auch eine Sauna hinten dran, mit an Solarium ..."

„Und einen Swimmingpool, gell? Hast du eine Ahnung, was so ein Schrebergartl kostet! Keine Ahnung von nix", brummte er. „Von geschäftlichen Dingen hast noch nie was verstanden, Mausi. Es wär besser, du hältst die Pappen, wennst dich nicht auskennst."

„Wir hätten ja einen Kredit aufnehmen können."

„Und womit hätten wir den zurückgezahlt? Außerdem hab ich ja den Mercel noch nicht einmal abbezahlt. Die Bank möcht ich sehen, die mir noch einen Kredit gibt. Du kannst immer nur blöd daherreden, willst dies und das ... und wer soll das bezahlen? Der Schurli natürlich. Wer hackelt sich denn krumm und deppert? Du vielleicht?"

„Du lasst mich ja nicht."

„Kusch, hab ich gesagt!"

Die Kuppel der Begräbniskirche tauchte aus dem Dunkel auf, und Lotte fing wieder an zu jammern:

„Glaubst wirklich, dass es gescheit ist, was wir machen? Ich hab so ein blödes Gefühl im Bauch. Wenn die Mimi uns draufkommt, dreht sie uns beiden den Kragen um. Fahren wir lieber wieder zurück. Der liegt doch gut dort draußen." Sie klammerte sich an seinen rechten Arm. „Komm Schurli, lassen wir ihn in Frieden ruhen. Wir haben schon genug auf dem Gewissen ..."

Er verriss das Lenkrad, landete mit den Vorderrädern auf den Straßenbahnschienen und geriet ins Rutschen. „Pass auf!", kreischte Lotte.

„Halt die Goschen."

Als Schurli wieder die Herrschaft über seinen Wagen hatte, tätschelte er seiner schluchzenden Frau das Knie. „Beruhig dich, Weibi, brauchst keine Angst haben, der Schurli macht das schon."

„Aber ich fürcht mich so ...

„Vor dem Toten? Der kann dir nix mehr tun. Du wirst ihn gar nicht zu Gesicht kriegen, musst ihn nicht einmal anfassen. Ich schaff des schon allein, hab ja vorhin auch alles allein machen müssen. Am besten, du bleibst im Wagen sitzen, und wenn jemand auftaucht, hupst einfach. Alles okay, Schatzerl?"

„Du bist so lieb zu mir, Schnurrli, womit hab ich das bloß verdient", säuselte sie.

„Geh, plausch net, Mausi", wehrte er ihre Schmeichelei verlegen ab.

Inzwischen waren sie bei seinem „Büro" angelangt. Er drückte seiner Frau ein Busserl auf die feuchte Wange und stieg aus.

Als er durch den Schneematsch nach hinten zu seiner Werkstatt stapfte, drehte Lotte die Innenbeleuchtung an, richtete sich den Rückspiegel und nahm Puderdose, Wimperntusche und Lippenstift aus ihrer Handtasche. Seelenruhig begann sie, ihr ruiniertes Make-up zu korrigieren.

Obwohl es in der Werkstatt elektrisches Licht gab, schaltete Schurli die Neonröhren nicht ein, sondern tappte im Dunkeln zu seinem geliebten Mercedes.

Der Kofferraum war wie zugeschweißt. Fluchend plagte er sich mit dem eingefrorenen Schloss ab. Nach ein paar Minuten gab er auf, holte ein Stemmeisen aus seiner Werkstatt und brach den Deckel auf.

„So, Altvater, und jetzt machen wir keine Spompanadeln mehr", sagte er, packte den großen, prall gefüllten Plastiksack mit beiden Händen, hob ihn heraus und ließ ihn auf den Boden fallen. Der Sack platzte. Links und rechts ragten die Arme des Toten wie zwei Propeller heraus.

„Scheiße!"

Verärgert stellte Schurli fest, dass sich der Kofferraumdeckel nun nicht mehr schließen ließ. „Verfluchter Mist", schimpfte er weiter und stapfte wieder zurück in seine Werkstatt.

Bei all der Kramuri, die dort herumlag, war es nicht leicht, einen ordentlichen Klebstoff zu finden. Ein schlichtes Tesaband war seine ganze Ausbeute.

Der Rest war nur mehr eine Kleinigkeit. Er stopfte die Arme des Toten zurück in den Müllsack, umwickelte das Paket mit dem breiten, braunen Tesastreifen und legte sich das festverklebte Bündel über die Schulter. Der alte Mann war nicht viel schwerer als ein Zementsack.

Lotte war kaum fertig mit ihrer Schminkprozedur, als sie plötzlich ihren Mann, mit einem großen, schwarzen Sack auf der Schulter, neben dem Wagen erblickte. Sie ließ den Lippenstift fallen und hielt sich die Hand vor den Mund. Starr vor Angst beobachtete sie, wie

Schurli dieses dunkle Etwas in den Schnee warf und den Kofferraum aufschloss. Als er den Sack hineinwälzte, hob sich ihr dicker Hintern vom Sitz.

Sie riss die Wagentür auf. „Ich fahr nicht mit einer Leiche spazieren“, schrie sie so laut, dass sie jeder im Umkreis von hundert Metern hätte hören können. Zum Glück waren sie die einzigen lebenden Menschen in dieser trostlosen Gegend.

„Jetzt hältst sofort deine Lavurpappen, oder ich lass dich wirklich allein hier draußen bleiben.“

Erschrocken über seinen energischen Ton, schloss sie brav wieder die Wagentür.

34

Die Ampelanlagen auf der Simmeringer Hauptstraße waren ausgeschaltet. Schurli tippte auf Stromausfall, da die Straßenbeleuchtung ebenfalls nicht funktionierte.

„Was machst denn mit all den hinigen Autos dort draußen“, fragte Lotte.

„Du meinst das Hitlerscherzel?“, fragte er kleinlaut.

Sie bemerkte nicht, dass ihr Mann die Gesichtsfarbe wechselte.

Bevor er sich noch eine passende Antwort einfallen lassen konnte, bog von der Kaiser-Ebersdorfer Straße ein riesiger Schneepflug auf die Hauptstraße ein.

„Hast denn keine Augen im Schädel, du Vollkoffer!“, fluchte Schurli. „Der hätt uns fast mitgeschliffen, der Trottel.“

„Sei froh, dass sie die Straßen räumen.“

Er ignorierte den Kommentar seiner Frau, überholte kräftig hupend das langsame Schneefahrzeug und deutete dem Fahrer einen Vogel.

Unwillig schüttelte sie den Kopf, wagte aber kein Wort der Kritik mehr. Ihr „Mäuseschwänzchen“ war bereits auf hundertachtzig. Sie wusste, wann es klüger war, den Mund zu halten, klammerte sich an ihren Sicherheitsgurt und schaute ins Narrenkastl.

An der S-Bahnstation Rennweg stand eine dunkel gekleidete Gestalt. Der Taxifahrer hatte nur einen kurzen Blick für sie übrig. Plötzlich torkelte der Mann jedoch auf die Straße und begann mit beiden Händen heftig zu winken. Schurli nahm Gas weg, bremste vorsichtig und verfehlte den Betrunkenen nur um Haaresbreite. Ein paar Meter weiter brachte er den Wagen endlich zum Stehen.

Der Mann lag im Rinnstein.

„Bleib sitzen“, zischte Schurli seine Frau an, die bereits die Tür geöffnet hatte, „ist vielleicht nur ein mieser Trick“.

Sie warteten ein paar Minuten. Der Mann im Rinnstein rührte sich nicht.

„Der ist fett wie ein Häusltschick.“ Der Taxifahrer stieg nun doch aus, zerrte den Betrunkenen hoch und klopfte ihn behutsam ab. „Alles noch ganz“, beruhigte er sich selbst.

„Nimmst mich mit?“, lallte der Fremde und klammerte sich an seinen Arm.

„Ich hab schon eine Fuhr.“ Er deutete auf Lotte, die vom Wagen aus die Szene beobachtete.

„Hast wenigstens ein paar Schilling für mich?“

Schurli stopfte ihm einen Zwanziger in den Ausschnitt seines Hemdes und sagte: „Da, sauf weiter und lass mich anglahnt.“

Der Betrunkene wankte hinter ihm her zu seinem Wagen und riss die Tür auf der Beifahrerseite auf.

„Rauschkugel, depperte“, schimpfte der Taxifahrer und gab langsam Gas. Der Mann stolperte und landete wieder im Rinnstein.

„An sich hab ich nichts gegen Angesoffene, aber ich hab keinen Nerv, mir heute auch noch den Wagen vollspeiben zu lassen.“

Sie drehten sich beide nicht mehr nach dem Fremden um.

„Mein Bedarf an Leichen, Hunderln und Besoffenen ist für heute gedeckt. Ich hab schon genug zusammengeklaubt. Selbst Pfadfinder begnügen sich mit einer guten Tat pro Tag.“

Lotte stimmte ihm heftig nickend zu.

Beim Anblick der hell beleuchteten Innenstadt entspannte sie sich wieder ein bisschen und warf einen sehnsüchtigen Blick auf das „Imperial", das in vollem Glanz erstrahlte. „Das Imperial soll das beste Hotel der Welt sein, haben die Amis gesagt. Da möcht ich gern mal absteigen."

„In einer Suite, nehm ich an. Da hättest dir an Ölscheich anlachen müssen, anstatt einen armen Taxler zu heiraten."

„Wär eh gescheiter gewesen."

Er tat, als hätte er ihre Bemerkung nicht gehört, trat nur ein bisschen heftiger aufs Gaspedal.

Die Bäume entlang der Ringstraße wirkten wie angezuckert, und in den Auslagen der exklusiven Geschäfte konnte man bereits die Weihnachtsdekoration bewundern.

Lotte hätte Lust gehabt, sich die Auslagen genauer anzusehen, sie fühlte sich in eine anheimelnde Adventstimmung versetzt, obwohl sie wusste, dass die weiße Pracht nicht lange liegen blieb. Schon morgen früh würden die Straßen wieder einem braunen Schlammbett gleichen.

Nach dem Volkstheater bog Schurli in die Neustiftgasse ein und nahm die Busspur hinauf zur Koppstraße.

Keine hübschen Auslagen mehr, keine lustigen Neonreklamen, keine teuren Lokale, nur triste, dunkle Wohnblocks, billige Hofer- und Billa-Läden und schmutzige, menschenleere Straßen.

Lotte schloss die Augen.

„Verflixt, ich brauch dringend Sprit", fluchte ihr Mann plötzlich und bremste sich bei der großen Tankstelle Ecke Flötzersteig/Maroltingergasse ein.

„Bist total hirndeppert? Du kannst doch jetzt mit dem da hinten drin nicht tanken."

„Möchst lieber einen vom ARBÖ rufen und vor seinen Augen das Abschleppseil hinten rausholen?"

„Wieso hast denn nicht vorher getankt, du Depp."

„Reg dich ab, Mausi. Was soll denn schon sein? Ist doch eh eine Selbstbedienung", versuchte er sie zu beruhigen. Als dann doch ein Tankwart auf sie zukam, zischte er: „Ich steig lieber aus. Aber du bleibst sitzen und rührst dich nicht."

„Denk dran, wir können uns keinen Patzer mehr erlauben", rief sie ihm nach.

Während er mit dem jungen Mann ein paar belanglose Sätze über das scheußliche Wetter wechselte, packte sie wieder ihr Schminkzeug aus und zog sich die Lippen nach.

„Sie haben ja noch die Sommerreifen drauf. Mit denen werden S' hier draußen nicht weit kommen. Schaun S' Ihnen den Flötzersteig an, da rauf schaffen Sie es nie. Soll ich Ihnen nicht lieber die Reifen wechseln? Geht ganz schnell, schneller als Abschleppen jedenfalls." Der Tankwart traf Anstalten, den Kofferraum zu öffnen.

Schurli packte seinen Arm und herrschte ihn an: „Finger weg! Ich brauch keinen Raafenschuaster. Außerdem sind da hinten keine Winterreifen drin."

„Ich hab's ja nur gut gemeint. Glauben Sie, mir tät's Spaß machen, nach Mitternacht noch Reifen zu wechseln."

„Kümmern Sie sich um Ihre eigenen Angelegenheiten!"

Der Taxifahrer verzichtete darauf, sich eine Rechnung ausstellen zu lassen, gab dem Tankwart nur zwei Schilling Trinkgeld und stieg wieder in den Wagen.

„Das war knapp", konnte sich Lotte eine Bemerkung nicht verkneifen.

„Dem Trottel zeig ich's jetzt. Der glaubt wirklich, dass mich so ein paar Schneeflockerl ins Strudeln bringen."

Vorsichtig, aber mit Schwung und ohne zu schleudern, fuhr er den Flötzersteig hinauf.

Der Rest der Fahrt, quer durch den tief verschneiten Außenbezirk, vorbei an den unzähligen Schrebergarten-Siedlungen, verlief ohne weitere Aufregungen.

35

Als die Blasiceks endlich bei den KARPFINGER-LICHTSPIELEN angekommen waren, fing Schurli an zu seufzen: „Scheiße, jetzt kann ich ihn wieder auspacken."

„Warum legst ihn nicht einfach, so wie er ist, rein?"

„Bist du noch zu retten? Ein Aufgeschlitzter im schwarzen Nylonsackerl, mit meinen Fingerabdrücken drauf – willst mich im Kriminal besuchen und mir beim Sackerlpicken Gesellschaft leisten?"

„Das werd ich sowieso müssen."

„Du bleibst wieder im Wagen und passt auf. Und wenn wer kommt, hupst einmal kurz. Dazu wirst ja wohl noch imstand sein."

Schurli parkte den Wagen mit dem Heck am Gehsteig vor dem Seitenausgang des Kinos, ließ den Schlüssel stecken und blickte sich kurz um.

Die Straße war menschenleer. Der Mond hatte sich endgültig hinter den dicken Schneewolken verkrochen. Eine klägliche Pfunsen beleuchtete den Kinoeingang.

„Schalt's Standlicht ein", befahl er seiner Frau. Dann holte er den großen, schwarzen Plastiksack aus dem Kofferraum und warf ihn auf den Gehsteig. Jetzt konnte der Sack ruhig platzen. Doch der Klebestreifen hielt, was die Werbung versprach.

Der vordere Seitenausgang war abgeschlossen. Der Taxifahrer stemmte sich mit seinem nicht unerheblichen Gewicht dagegen. Die Tür gab einen guten Zentimeter nach. Es wäre für ihn ein Leichtes gewesen, die morsche Holztür einzudrücken. Er fürchtete jedoch, dabei zu viel Lärm zu machen, und außerdem stellte so ein einfaches Schloss kein echtes Problem für ihn dar.

Er nahm sein Schweizermesser aus dem Hosensack, klappte die Klinge auf und schob sie in den Spalt des

Seitenausgangs. Ein paar Drehungen, doch das Schloss gab nicht nach. Die Tür schien wie zugenagelt.

„Welcher Vollkoffer hat denn da Nägel reingehaut?"

Seine Frau beobachtete ihn ängstlich. Schließlich kurbelte sie das Fenster runter und rief ihm halblaut zu: „Versuch's doch beim hinteren Notausgang."

„Glaubst, darauf wär ich net selber kommen?"

Er brauchte nicht einmal sein Taschenmesser. Die hintere Tür ließ sich problemlos und vor allem lautlos eindrücken. Leise fluchend holte er das unförmige schwarze Paket, umfasste es mit beiden Armen und schleppte es ins Kino.

Schurli wagte es nicht, Licht anzumachen. Außerdem befanden sich die Lichtschalter im Foyer. Im Dunkeln schleifte er den Sack über den Gang zu den vorderen Reihen. Dann entfernte er die Tesastreifen, schälte den Toten aus seiner Verpackung und beförderte ihn mit ein paar Fußtritten unter die Sitze. Dass der Linoleumboden sauber war, fiel ihm nicht auf.

Sichtlich erleichtert, verließ er das Kino und warf die Tür, die sich nun nicht mehr richtig schließen ließ, hinter sich zu. Um das kaputte Schloss konnte und wollte er sich heute Nacht nicht mehr kümmern. Er dachte jedoch daran, seine Spuren im Schnee mit einer Schaufel zu verwischen.

„So, das hätten wir geschafft. Noch ein Abschlussachterl im Nachtlberger?", fragte er beinahe vergnügt seine Frau, als er wieder im Wagen saß.

Sie nickte nur.

Er parkte das Taxi im Halteverbot vor dem Café „Nachtlberger".

Lotte sprang aus dem Wagen und seufzte: „Und wenn die Mimi noch da ist, gestehen wir ihr alles, oder fast alles."

Auf seinen leise angebrachten Widerspruch: „Aber dann ist der ganze Tschoch doch völlig fürn Hugo gewesen", ging sie nicht ein.

Arm in Arm betraten die Blasiceks das „Nachtlberger".

„Ah, da seid ihr ja endlich wieder! Ich hab noch ein Hühnchen mit euch zu rupfen", empfing die Kinobesitzerin sie.

Schurli legte den Arm um die ausladenden Hüften seiner Liebsten und tätschelte zärtlich ihr voluminöses Hinterteil.

Schorschi hatte „Weana Gmüath" aufgelegt.

„Stör ich euch Turteltäubchen etwa?", fragte Hermine K.

„Nein, nein", beeilte sich Lotte zu beteuern. „Der Schurli wollte dir ohnehin was gestehen. Na sag's schon!" Sie stupste ihrem Ehemann den Ellbogen ins Kreuz.

Er schwieg jedoch beharrlich.

„Gut, dann sag halt ich es."

Aber sie kam nicht mehr dazu.

Ein lauter Knall. Mindestens dreißig Köpfe drehten sich zur Tür. Nur die Kartenspieler bekamen nichts mit, seelenruhig spielten sie weiter ihre Trümpfe aus.

Der Lärm am Eingang hielt an.

„O je, jetzt gibt's bestimmt gleich eine Schießerei", stöhnte Schurli.

„Schüsse aus dem Hinterhalt", sagte Hermine K.

„Wer ballert denn da herum?", fragte Schorschi interessiert.

„Arbeitsscheues Gesindel", schimpfte einer der Gäste.

Halb verdeckt durch den grünen Vorhang, amüsierten sich ein paar Jugendliche in schweren Lederjacken und zerrissenen Jeans mit Feuerwerkskörpern.

Sie ließen die Raketen nicht im Lokal explodieren, sondern entzündeten sie an der Tür und warfen sie hinaus auf die Straße. Der Krach war trotzdem unerträglich. Bei jedem Knall brachen die Burschen in lautstarkes Gegröle aus.

„Wir haben doch noch gar nicht Silvester", bemerkte Lotte scharfsinnig.

Die Kinobesitzerin hätte zu gern gewusst, was ihr der Taxifahrer zu beichten hatte. Ein bisschen nachwassern könnte jedenfalls nicht schaden, dachte sie. Aber bei diesem Getöse war ein Verhör sinnlos. Man verstand ja kaum sein eigenes Wort.

Sie beschloss, sich Schurli später vorzuknöpfen und begab sich auf einen Sprung zum Tisch der alten Damen. Schorschi begleitete sie mit einem schwer beladenen Tablett in der Hand.

„Da haben Sie Ihr jugendliches Publikum! Nicht einmal im Kaffeehaus hat man vor diesen Pülchern seine Ruhe", empfing Klara die beiden empört.

„Diese Kracher gehören verboten", sagte Ella.

„Sobald sie antrischkert sind, stänkern sie die Leute an, und das Pissoir wird wieder ausschauen wie ein Pizzatrottoir." Schorschi verzog angewidert den Mund.

„Fängst du jetzt auch noch an?", zischte Hermine K.

„Aber wenn's wahr ist! Die speiben immer wie die Reiher. Sollen halt nicht so viel saufen, wenn s' nix vertragen. Und ich kann mich dann wieder derwürgen. Wer muss denn die Schweinerei wegputzen? Der Schorschi natürlich, wer sonst."

„Die Milena wird's schon aufwischen. Jetzt hör endlich auf zu jammern."

36

„Wir würden bei unseren Kinobesuchen liebend gern auf diese Falotten verzichten. Die lachen an den unpassendsten Stellen und beschmutzen die Lehnen mit ihren dreckigen Schuhsohlen." Mit gesenkter Stimme fuhr Klara fort: „Nach dem ersten Mord hat doch die Polizei diese Türkenbande festgenommen ..."

„Ja, aber sie haben die Burschen gleich wieder laufen lassen müssen, haben ihnen nichts nachweisen können", unterbrach Hermine K. sie scharf.

„Trotzdem, diese Gfraster haben bestimmt Dreck am Stecken, allein wie die schon aussehen! Diese kriminellen Jugendbanden haben uns in Wien gerade noch gefehlt. Warum müssen wir bloß immer alles Böse aus Amerika importieren ..."

„Da befinden Sie sich aber gehörig auf dem Holzweg, das Böse ist immer und überall", fiel die Kinobesitzerin der Alten wieder ins Wort.

So leicht ließ sich Klara jedoch von diesem Thema nicht abbringen. „Wien darf nicht Chicago werden!", betonte sie rülpsend.

Ein hübscher Bursche mit Irokesenhaarschnitt näherte sich dem Tisch der alten Damen und begrüßte Hermine K. mit einem freundlichen: „Hallo, wie geht's?"

„Servus, Achmed. Wie hat euch denn der Film gefallen?"

„Super, echt super der Belmondo."

„Fein."

„Schnorren Sie mir ein Feuer?"

„Ich hab leider keine Zünder bei mir, ich rauche nicht mehr."

„Der wird gleich alles in Brand stecken", murmelte Klara.

Ella schenkte ihr einen ängstlichen Blick.

Einer von Achmeds Freunden schrie quer durch den Raum: „Tu weiter, geh endlich schiffen. Wir ziehen ab. Hier sieht's ja aus wie in einem Gruselkabinett – einfach zum Kotzen ..."

„Genau wie der Herr Schorsch gesagt hat", flüsterte Ella.

Der Junge steckte seine Hände in die Hosensäcke und murmelte verlegen: „Ich muss gehen."

„Wiedersehen, Achmed", verabschiedete sich die Kinobesitzerin freundlich von ihm.

„Hier stinkt's!", schrie plötzlich jemand. „Seife ist wohl ein Fremdwort für diese Ayatollahs."

Hermine K. drehte sich um und bekam gerade noch mit, wie der Anführer der Glatzköpfe zu Boden ging. Bevor er sich wieder aufrappeln konnte, versetzte ihm ein hübscher, ganz in schwarzes Leder gekleideter Türke einen Tritt in den Bauch und putzte sich dann die Stiefel in seinem Gesicht ab. Die anderen beiden pickeligen Bomberjacken sahen entsetzt zu, wie ihr Freund Blut spuckte. Plötzlich zog einer von ihnen ein Messer aus der Tasche.

Im Lokal herrschte Totenstille. Wie gebannt starrten die Gäste auf die jungen Leute.

Hermine K.s Bedarf an Brutalität war für heute mehr als gedeckt. „Messer weg!", schrie sie. „Und ihr hört sofort auf! Er liegt doch schon am Boden, was wollt ihr denn noch von ihm?"

Die Burschen beachteten sie nicht. Ihr kleiner Achmed versetzte dem Glatzkopf mit dem Springer in der Hand einen Fußtritt in den Unterleib. Der Junge schrie auf, ließ das Messer fallen und griff sich an seinen verwundbarsten Körperteil.

Bisher hatte sich der dritte Neonazi rausgehalten, doch nun warf er sich auf den Türken und trommelte mit beiden Fäusten auf seine Nieren ein. Links, rechts, links rechts ... Dem um einen Kopf kleineren Achmed ging die Luft aus. Er sackte zusammen, war plötzlich nur mehr ein Häufchen Elend.

Die Kinobesitzerin kannte den Jungen seit seiner Kindheit. „So tu doch endlich was, Schorschi!", kreischte sie.

„Soll ich die Polizei rufen?"

„Sei nicht so feig. Ich will heut Abend keine Bullen hier sehen. Immer große Sprüche klopfen, Boxchampion, dass ich nicht lache!" Sie sprang auf, lief zur Theke, packte den Glatzkopf an den Schultern und versuchte, ihn von seinem Opfer wegzuzerren. Der Bursche versetzte ihr einen leichten Stoß. Hermine K. taumelte, konnte sich aber gerade noch an der Theke festhalten.

„Kruzitürken", schrie Schorschi und stürzte sich mit einer Behändigkeit, die man ihm gar nicht zugetraut hätte, auf den Glatzigen, gab ihm zwei kräftige Ohrfeigen und einen linken Haken unters Kinn. Der Junge landete neben Achmed auf dem Boden. Inzwischen hatten sich die anderen beiden wieder etwas erholt. Der Pickelige packte den Kellner von hinten, schlang ihm die Arme um den Hals, und der Boss bearbeitete Schorschis Gesicht mit seiner Faust.

Schurli machte Anstalten, sich ebenfalls einzumischen. „Ich hol meine Gaspistole", rief er.

Seine Lotte hielt ihn am Hemdzipfel zurück. „Weh dir, halt dich da raus! Reichen dir die zwei Anzeigen wegen Körperverletzung noch nicht?"

Hermine K. bedachte die beiden mit einem verächtlichen Blick, griff nach einem halbvollen Krügerl und schlug es dem einen, der wie ein Klammeräffchen auf Schorschis langem Rücken hing, über den Kopf. Schorschi verpasste dem anderen Jungen ein Ohrenreiberl, das sich gewaschen hatte, und setzte ihn dann mit zwei gezielten Schlägen in den Magen außer Gefecht.

Jetzt wagte auch die dritte Bomberjacke, sich wieder zu rühren. Lautstark und mit viel zu vielen Worten half er seinen verletzten Freunden auf die Beine.

Die Informatikstudenten, die dem brutalen Schauspiel wortlos gefolgt waren, spuckten nun auch wieder große Töne: „Kriminelles Gesindel! Immer hat man nur Zores mit diesen Gfrießern."

„Und so was dulden Sie in Ihrem Lokal."

„Warum haben Sie nicht sofort die Polizei gerufen?"

Schorschi rieb sich das geschwollene rechte Auge, betrachtete erstaunt das Blut auf seinen Fingern und fing an zu brüllen: „Verzieht euch, ihr Hosenscheißer! Zugeschaut habt ihr, einfach zugschaut. Die feinen Herren Studenten haben sich wohl ihre zarten Händchen nicht schmutzig machen wollen, haben unsereins, der schon längst reif für die Pension ist, die Drecksarbeit überlassen."

Auch die ziemlich ramponiert aussehenden Bomberjacken riskierten jetzt ein paar große Sprüche und beschwerten sich lautstark über das Ausländerpack.

„Super, echt super, meine Herren! Wer hat denn angefangen? Hättet ihr doch euer freches Mundwerk gehalten. Zuerst stänkern und dann den Schwanz ein- und das Messer rausziehen. Dabei wären's drei gegen drei gewesen, eine faire Partie." Schorschis Worte blieben nicht ohne Wirkung. Beifälliges Gemurmel war von den anderen Gästen zu vernehmen. „Und jetzt raus mit euch allen, raus, sag ich! Und einen Blauen lasst ihr da für die Zech und die kaputten Glaseln.“ Er hielt dem Anführer der Glatzköpfe die geballte Faust unter die Nase.

Der Bursche zog einen Fünfhunderter aus seiner Hosentasche, reichte ihn dem Oberkellner und sagte kleinlaut: „Mehr hab ich net.“

Schorschi steckte den Schein in seine Westentasche und kehrte den Glatzen wortlos den Rücken.

Mit eingezogenen Köpfen verdrückten sie sich.

Die drei jungen Türken schienen sich inzwischen ebenfalls wieder etwas gefangen zu haben. „Und ihr Hallodris haut am besten auch gleich ab, kämpft draußen auf der Bluatwiesn weiter, wenn's unbedingt sein muss, aber lasst uns in Frieden. Das ‚Nachtlberger' ist ein ordentliches Lokal, wir mögen hier keine Schlägereien.“

Achmed verabschiedete sich von der Kinobesitzerin mit einem verlegenen Lächeln und stolperte hinter seinen Freunden her.

Sie schenkte ihm keine Beachtung mehr.

Liebevoll streichelte sie Schorschis Haupt, befeuchtete ein Papiertaschentuch mit Spucke und wischte ihm das Blut vom Gesicht.

„Hast du ein Pflaster, oder soll ich schnell rüberlaufen und eins holen?“

„Ist nur ein kleiner Kratzer, mach nicht so ein Theater ...“, raunzte er, holte aber dann doch ein Pflaster aus der Küche.

Sie verarztete ihn kunstvoll, überklebte das Cut über seinem linken Auge und flüsterte ihm etwas ins Ohr, das verdächtig nach „Du bist mein Held!“ klang. „Das war ganz toll, wie du die Burschen aufs Kreuz gelegt hast. Man merkt halt doch, dass du mal Vizejuniorenmeister im Fliegengewicht warst.“

„Weltergewicht“, korrigierte er sie mit samtweicher Stimme.

Sie drückte ihm einen Kuss auf die gesprungene Oberlippe.

„Glaubst, dass die Nazibuben die alten Herren in meinem Kino abgekragelt haben?“

„Blödsinn! Wenn diese Wimmerlagenten Blut sehen, wird ihnen schlecht. Das sind doch noch Kinder. Die spielen gern ein bisserl den wilden Mann, aber wenn's ernst wird, machen sie sich in die Hosen, das hast ja gerade gesehen.“

Die alten Damen hatten während der Schlägerei ihren Tisch verlassen und sich einen Platz vorn an der Theke gesichert.

„Ich hab's ja gesagt, dieses Zigeunerpack gehört endlich heimgeschickt“, schimpfte Klara.

„Ich hab die Buben schon gekannt, als sie noch in die Windeln gemacht haben. Später haben sie dann oft den Religionsunterricht geschwänzt und im Beserlpark gegenüber meinem Kino Fußball gespielt", versuchte Hermine K. die empörte Alte zu besänftigen.

„Gottlose Muselmanen! Die haben noch einen ganz natürlichen Killerinstinkt, wie die Tiere, wie wilde Tiere ... Der hätte den jungen Mann glatt umgebracht, wenn Sie nicht so mutig eingeschritten wären", ereiferte sich Klara.

Achmed und seine Freunde waren in Wien geboren und im Namen der Römischen Katholischen Kirche getauft worden. Die meisten von ihnen sprachen waschechtes Wienerisch und konnten fast kein Wort Türkisch. Aber die Kinobesitzerin machte sich nicht die Mühe, die alten Damen aufzuklären. Missionarische Anwandlungen hatte sie längst aufgegeben.

„Wenn sie nach dem Match wieder verschmitzt in die Schule zurückgerannt sind, haben sie immer auf ein Eis bei mir vorbeigeschaut – damals habe ich noch nonstop gespielt. Natürlich sind sie so richtige Strizzis geworden, aber ich komme auch heute ganz gut mit ihnen aus. Ihre kurzgeschorenen Haare erwecken bei mir allerdings eher traurige Erinnerungen an grausame Zeiten."

„Hitler war die Geißel Gottes!" Klara verdrehte die Augen zur Decke.

„Hör bitte auf zu politisieren", sagte Ella. „Diese glutäugigen Südländer haben den bösen Blick. Ich fürchte mich vor ihnen."

„Aber nein, die sind völlig harmlos, können keiner Fliege was zuleide tun, haben sich nur von dieser Punkermode anstecken lassen und ihre hübschen schwarzen Locken der Schere geopfert", widersprach Hermine K. „Ihren Stolz darf man halt nicht verletzen. Sie lassen sich nicht ungestraft beleidigen."

„Vielleicht haben die alten Männer sie auch beleidigt", warf Ella ein.

„Allein ihr Anblick ist eine Beleidigung", murmelte Klara. „Schmarotzer sind sie! Liegen uns nur auf der Tasche!"

Hermine K. hörte ihr nicht mehr zu. Sie verstand auch nicht, von wem jetzt eigentlich die Rede war.

„Kindermachen wie die Karnickel und Kinderbeihilfe kassieren, das ist das Einzige, was diese Tschuschen können. Außerdem betreiben sie Vielweiberei!"

Ohrenbetäubendes Krachen aus dem Lautsprecher unterbrach Klaras Geschimpfe. Sie starrte mit offenem Mund auf den schwarzen Kasten über der Theke. Bill Ramsey schrie sich die Lunge aus dem Hals. Der Oberkellner hatte noch einmal „Ohne Krimi geht die Mimi nie ins Bett" aufgelegt.

„Nicht schon wieder, Schorschi!", rief Hermine K. „Gib mir lieber noch ein Bier. – Nehmen Sie auch noch was?"

„Er hat mir nicht mal mein Achtel gebracht", beklagte sich Ella.

„Und zwei Achtel, und für mich noch ein Aspro."

Schorschi stellte die Musikbox leiser.

„Bei Kopfweh hilft nur frische Luft", meinte Klara.

„Ich schwör halt auf Aspirin", sagte Hermine K. trotzig.

Das Geschwätz der alten Damen verschlimmerte noch ihre Kopfschmerzen. Doch der Gedanke, nach Hause in ihre kalte Wohnung zu gehen, war auch nicht gerade reizvoll. Nach all den Aufregungen würde sie bestimmt eine schlaflose Nacht haben. Und die bloße Möglichkeit, nicht schlafen zu können, war so unangenehm, dass sie diese nicht einmal in Betracht ziehen wollte. Vor allem das scheinbar unlösbare Rätsel um die verschwundene Leiche würde sie garantiert nicht einschlafen lassen. Tote schlafen besser, dachte sie.

„Willst vielleicht ein Tschapperlwasser dazu?“, schrie Schorschi.

„Dem Aspro ist es egal, womit ich es ertränk.“

„Ja, dem Aspro ist es sicher wurscht, aber deinem Magen?“ Er stellte ein Tablett mit einem Glas Wasser und einer Schachtel Aspirin auf die Theke.

„Das andere kommt gleich.“ Leise fügte er noch hinzu: „Wollts euch nicht lieber wieder hinsetzen? Du kannst doch nimmer gerade stehen ... Hoffentlich haben die Ladies nicht wieder ihren Haustorschlüssel vergessen, sonst kannst sie gleich über die Nacht bei dir einquartieren.“

Letzten Freitag war Klara kurz vor Mitternacht aufgeregt ins „Nachtlberger“ gestürzt und hatte behauptet, ihren Haustorschlüssel im Kino verloren zu haben. Hermine K. hatte noch einmal mit ihr hinübergehen und den ganzen Saal absuchen müssen. Anschließend hatte sich das ganze Stammpublikum des „Nachtlberger“ auf Schlüsselsuche begeben. Der Schlüssel war verschwunden geblieben. Schließlich hatte sich herausgestellt, dass die liebe Ella den Schlüssel im Seitenfach ihres Handtäschchens versteckt hatte.

„Lass das nur meine Sorge sein“, antwortete Hermine K.

„Was hat er gesagt?“, fragte Klara.

„Nichts von Bedeutung.“

Die alten Damen kehrten mit ihren Getränken wieder ins Extrazimmer zurück. Und die Kinobesitzerin versprach, gleich nachzukommen.

38

„Sind s' endlich weg, diese Blindschleichen? Ich kann die zwei nicht ausstehen", sagte Lotte, als die alten Damen aus ihrem Blickfeld verschwunden waren. „Und jetzt pass auf, Mimi. Mein Holder hat mir vorhin gebeichtet, dass er heut Abend noch einmal zurück ins Kino ist, um mich zu suchen oder auf frischer Tat zu ertappen, wie er gemeint hat. Anscheinend hat er geglaubt, ich vergnüg mich mit dem alten Lahmsieder nach der Vorstellung auf deinen ach so bequemen Sitzen. Dieser Depp traut mir wirklich alles zu. – Du denkst wohl, mir graust vor nichts", fauchte sie ihren Liebsten an.

„Bitte, hört auf! Wenn ihr unbedingt streiten müsst, dann verdünnisier ich mich wieder."

„Nein, bleib da und hör mir zu. Also, der Schurli ist so fünf, zehn Minuten nach Ende der Vorstellung noch einmal ins Kino, durch denselben Seitenausgang, bei dem er raus ist. Warum machst du die Seitenausgänge eigentlich nie ordentlich zu? Jeder kann rein und raus, wann er will. Na egal ..."

„Die Türen schließen nicht gescheit. Ich müsste endlich mal einen Schlosser kommen lassen. Aber das ist ja jetzt wurscht, erzähl weiter."

„Er ist also wieder hinein und hat deinen Toten entdeckt. Als du dann in den Saal gekommen bist, hat dieses Nudelaug den Retourgang eingelegt und die Flucht ergriffen, anstatt dir beizustehen. Ich hab ihm eh gesagt, dass das der größte Schwachsinn war, den er hat machen können. Jetzt musst du ja glauben, dass er ..."

„Nichts glaub ich mehr, rein gar nichts." In Hermines Kopf drehte sich alles. Sie verfluchte die vielen Seidel, die sie bereits intus hatte.

„Aber warum hast du nicht gleich die Polizei verständigt?“, fragte Lotte misstrauisch.

Nein, nur das nicht! Jetzt wird sie gleich mich des Mordes verdächtigen, nur damit ihr „Schatziputzi-Schnurrli“ aus dem Schneider ist. „Und warum bist du wirklich davongelaufen?“, fragte Hermine K. den schweigsamen Taxichauffeur und schaute ihm streng in die Augen.

„Ich hab einfach den Kopf verloren, hab noch nie einen Ermordeten in natura gesehen …“

„Wieso wusstest du sofort, dass er ermordet worden ist“, fiel sie ihm ins Wort. Kaum hatte sie diese Frage ausgesprochen, wurde ihr bewusst, wie blödsinnig sie war.

„Das hat doch ein Blinder gesehen – ein richtiges Massaker, alles zerfetzt.“

Bevor sie noch etwas erwidern konnte, sagte Lotte mit erhobener Stimme und drohendem Gesichtsausdruck: „Jetzt lass mein Spatzi endlich in Frieden. Er bereut eh schon längst, dass er sich so dumm angestellt hat, Männer sind eben nicht immer so klug, wie wir Frauen denken. Aber nun ist ein für alle Male Schluss, er hat gestanden, und ich will kein Wort mehr über Leichen und Mörder hören!“

Obwohl ihr nicht gerade nach Lachen zumute war, brach Hermine K. in schallendes Gelächter aus. Die Blasiceks starrten sie verwundert an.

„Seid ihr beide denn noch zu retten? Glaubt ihr im Ernst, dass ihr mit so einer hirnrissigen Geschichte davonkommt? Den Kieberer möchte ich sehen, der euch diesen Quatsch abnimmt. Nicht einmal der Kottan würde euch diese Story abkaufen.“

Der Taxifahrer starrte sie weiterhin mit offenem Mund an. Seine Frau schien sich schneller zu fangen. „Sag mal, spinnst du?“, schrie sie.

„Wenn da wer spinnt, dann ihr beide. Dass ihr unter einer Decke steckt, sieht doch ein Blinder. Lasst euch gefälligst eine bessere Geschichte einfallen. Und das ist ein rein freundschaftlicher Rat und ein kostenloser noch dazu."

„Wir lassen uns von keinem was anhängen", kreischte Lotte hysterisch.

„Ihr habt Glück, dass ihr verheiratet seid und nicht gegeneinander aussagen müsst. Vielleicht wird man euch auch aus Mangel an Beweisen freisprechen – kein Mord ohne Zeugen", fuhr Hermine K. beinahe fröhlich fort.

„Das ist aber leider nicht alles, Mimerl. Ich muss dir noch was gestehen", unterbrach Schurli sie zaghaft, legte ihr den Arm um die Schultern und zog sie beiseite.

„Was habt ihr beide da zu mauscheln?", fragte Lotte misstrauisch.

„Du hast jetzt Pause, Schatzerl." Schurli zog die Kinobesitzerin noch ein Stückchen weiter weg und flüsterte aufgeregt auf sie ein: „Ich hab ehrlich geglaubt, dass die Lotte ihn umbracht hat. Wenn mein Mausl einmal richtig in Fahrt kommt, kann sie zur Furie werden ... Ich wollt sie nur beschützen, das musst du doch verstehen."

„Beihilfe zum Mord nennt man das."

„Leise, Mimi, leise, ich weiß eh, dass ich verrückt bin. Aber ich hab echt gedacht, sie hätt ihn abgemurkst, schließlich ist sie ja neben ihm gesessen. Wer weiß, was sich abgespielt hat, vielleicht hat er versucht, sie zu vergewaltigen, und sie hat sich halt mit Händ und Füß gewehrt. Reine Notwehr, sozusagen."

„Du hast einen ordentlichen Depscher. Mit die Füß schneidet man keinem die Kehle durch."

„Ja, ja, ich weiß“, unterbrach er sie. „Aber ich war eben nicht mehr Herr meiner Sinne.“

„Und selbst wenn er sie belästigt hätte, deine Brunhilde wär mit so einem klapprigen Opapa im Handumdrehen fertiggeworden.“

Die Vorstellung, dass Lieselotte Blasicek ihre Keuschheit verteidigt hatte, fand Hermine K. mehr als absurd. Ihre eigene Theorie hingegen erschien ihr wesentlich logischer. Die meisten Morde wurden aus reiner Geldgier begangen. Und Lotte war nun einmal ein verdammt geldgieriges Luder. Sie hütete sich jedoch, ihre Überlegungen dem sichtlich verzweifelten Schurli mitzuteilen.

„Ich hab die Panik gekriegt, weil ich mir plötzlich ganz sicher war, dass sie ihn abgestochen hat.“

„Ja, das hast du schon gesagt. Und was hast in deiner Panik angestellt? Etwa gar die Polizei angerufen?“

„Mach keine blöden Witz, ich mein es bitterernst.“

„Was meinst bitterernst?“ Sie blickte ihn verständnislos an. Seine Umständlichkeit nervte sie maßlos. Am liebsten hätte sie diese unsinnige Unterhaltung einfach abgebrochen. Aber irgendwas hatte er noch auf dem Kerbholz. „Sag, magst nicht endlich dein Gewissen erleichtern, anstatt andauernd um den heißen Brei herumzureden?“

39

Schurli fasste sich ein Herz und flüsterte: „Ich hab deine Leich weggeschafft."

„Also du warst das, hätt ich mir ja gleich denken können. Und was hast mit dem Toten gemacht?"

„Ich hab ihn nach Simmering gebracht, in meine Werkstatt."

„Waaas?"

„Ich hab halt gedacht, da draußen wäre der alte Tatterer besser aufgehoben als in deinem Kino. Dort hätt ihn so schnell sicher keiner gefunden."

„Aber der wird doch bald zum Stinken anfangen."

„Ich hätt ihn ja nicht herumliegen lassen, ich wollt ihn am Sonntag verbrennen. Schließlich bin ich bei der ‚Flamme' und lass mich selber auch mal verbrennen."

„Am besten gleich morgen."

„Im Ernst, Mimi, ich hab gedacht, es wäre die beste Lösung."

„Das Denken solltest vielleicht lieber Leuten überlassen, die mehr Hirn besitzen als du."

„Hast eh Recht. Ich hätt mich nicht einmischen sollen. Aber ich konnt ja nicht wissen, dass mein Lottchen unschuldig ist."

„Geh plausch net, Peperl. Wieso bist dir auf einmal so sicher, dass sie's nicht war? Gerade hast noch behauptet, deine Holde hätt ihn am Gewissen."

„Mimi!"

„Und warum hast die Leich nicht gleich auf den Zentralfriedhof gebracht, wennst eh schon draußen warst?"

„Ich find das nicht sehr lustig." Schurli kehrte der Kinobesitzerin den Rücken zu und bestellte sich noch ein Achtel weiß.

Doch jetzt war Hermine K. nicht mehr gewillt, ihn so billig davonkommen zu lassen. „Was hast du dir denn wirklich dabei gedacht?“, fuhr sie ihn an. „Einfach eine Leich stehlen! Ich packs nicht!“

„Dir hätt überhaupt nichts Besseres passieren können. Denk an dein Kino! Einen dritten Mord wird das Karpfinger-Kino nicht verkraften. Eigentlich hab ich dir einen Gefallen getan. Versuch's mal so zu sehen.“

„Und was ist, wenn ihn jemand vermisst? Wieso bist du dir so sicher, dass man den Alten nicht suchen wird?“

„Was glaubst, wie viele Vermisste es im Jahr gibt? Die Polizei hat echt was anderes zu tun, als sich um Vermisstenanzeigen zu kümmern.“

„Hast wenigstens geschaut, wie er heißt?“

„Wozu?“

Sie beschloss, das Thema der Identität des Toten nicht weiterzuverfolgen. Ihr eigenes Versagen in diesem Punkt war ihr nur allzu schmerzlich bewusst. „Und du willst ihn einfach verbrennen“, wechselte sie elegant das Thema.

„Wollte ich. Hätt ich ihm vielleicht auf meinem Grund und Boden ein Grab ausschaufeln sollen?“

„Ich mein ja nur ... irgendwie erscheint es mir pietätlos.“

„Red nicht immer so geschwollen daher. Du hättest mir ja helfen können. Wir hätten ihm ein richtig feierliches Begräbnis verschafft, mit anschließendem Leichenschmaus und so.“

„Du gehst mir auf den Geist, Schurli, weißt du das?“

„Aber du musst zugeben, dass der Tote in meiner Werkstatt gut aufgehoben gewesen wäre. Die Lotte war leider nicht dieser Meinung. Ich hab ihr alles erzählt, und sie hat darauf bestanden, dass ich dir den Toten wieder zurückgeb.“

„Nein!“

„Ja, du hast ganz richtig gehört, ich hab ihn wieder zurückgebracht.“

„Ins Kino?“

„Nein, in deine Wohnung werd ich ihn bracht haben.“

„Aber ich hab doch schon aufgewischt. Kein Tropfen Blut war mehr zum sehen. Woher sollen wir jetzt Blut nehmen? Ihn noch mal aufschlitzen wird nichts nützen, der ist schon ausgeronnen. Du hältst die Bullen wohl für noch blöder als ich.“

„Es war eine Schnapsidee, Lottes Schnapsidee, das ist mir eh klar.“ Er schenkte Hermine K. einen verzweifelten Blick. „Was sollen wir machen? Ihn wieder rausbringen? Schlag was vor. Jetzt bist du dran.“

„Mach mit der Leiche, was du willst. Mich geht die ganze Geschichte nichts mehr an. Ich hab furchtbares Kopfweh, ich gehör ins Bett.“

„Das kannst du mir nicht antun, du musst mir helfen, schließlich ist es ja dein Toter“, stöhnte er lauter als beabsichtigt.

„Was heißt hier m e i n Toter. Ich hab ihn doch nicht gekauft.“

Lotte, die angefressen in ihr Glas stierte, zischte die beiden an: „Ich kann das alles nicht mehr hören.“

Schurli weigerte sich standhaft, den toten Mann dieses Mal allein nach Simmering zu bringen. „Ich hab ihn schon ausgepackt. Weißt, was das für eine Hackn war, zuerst hab ich ihn …“

„Keine Details bitte! Ich will’s gar nicht so genau wissen.“ Hermine K. hielt sich die Ohren zu. Der Gedanke, heute Nacht eine Leiche transportieren zu müssen, gefiel ihr gar nicht, doch sie musste Schurli widerwillig Recht geben. Nach all diesem unsinnigen Hin und Her war es das Beste, den Toten wieder in seine Simmeringer Werkstatt zu bringen. Morgen würden sie dann weitersehen. Insgeheim nahm sie sich vor, das Kino morgen früh noch einmal gründlich durchzuputzen und Schurli allein das Problem der Beseitigung des Toten zu überlassen. Schließlich hatte er ihr diese ganze Misere eingebrockt.

Sie weihten Schorschi, der wieder einmal schmutzige Gläser sanft und bedächtig über die Bürsten gleiten ließ, in ihren Plan ein.

Er verstand nur Bahnhof, wie immer, wenn ihm etwas unangenehm war. „Das halt ich im Kopf nicht aus!", lautete vorerst sein einziger Kommentar. „Stadtrundfahrten mit einer Leich im Kofferraum – das könntest eigentlich den Touristen als besondere Wien-Attraktion anbieten", empfahl er seinem Freund.

Nach kurzem Überlegen schlug er jedoch vor, die Leiche einfach in die Donau zu werfen. „Dann müssen sich die Ungarn oder die Rumänen darum kümmern."

„Spätestens im Alberner Hafen würde er wieder auftauchen, du Oberjass", schnitt ihm Hermine K. das Wort im Mund ab. Für heute hatte sie genug von albernen Ideen.

„Aufgeschlitzte tauchen net mehr auf", murmelte Schurli.

„Du scheinst dich ja mit Wasserleichen recht gut auszukennen." Damit brachte sie auch ihn zum Schweigen.

40

In trauter Eintracht verließen Hermine K. und die Blasiceks das „Nachtlberger".

Lotte befürchtete, dass ihr schwaches Nervenkostüm einem zweiten Leichentransport nicht gewachsen wäre, und bat ihren Mann, sie nach Hause zu bringen. „Ich werd im Bett auf dich warten", beteuerte sie.

Ihre Nerven schienen heute tatsächlich nicht mehr die besten zu sein. Lautstark schniefte sie in ihr Taschentuch. Tränen der Reue oder Tränen der Verzweiflung? Die Kinobesitzerin blieb völlig ungerührt.

Schurli schenkte ihr einen warnenden Blick über den Rückspiegel, als sie ihn fragte, ob er noch genügend Verpackungsmaterial im Kofferraum hätte. Sie verstand und vermied das Thema Leiche, bis sie bei der Wohnung der Blasiceks angelangt waren, beschloss aber, sich die Dame am nächsten Morgen noch einmal in nüchternem Zustand vorzuknöpfen.

Lotte verabschiedete sich von ihrem Liebsten mit einer langen, stürmischen Umarmung, so als wäre es ein Abschied für immer.

Hermine K., die für leidenschaftliche Abschiedsszenen à la Casablanca nicht viel übrig hatte, schickte ihrer Bekannten eine Kusshand und setzte sich dann nach vorn.

Kaum waren sie allein im Wagen, bestürmte sie Schurli mit Fragen: „Sollen wir ihn wirklich wieder in Nylonsackerl stecken? Meinst, die sind reißfest? Ich hätt Angst, dass er uns rausfällt. Außerdem sind diese Säcke nicht gerade umweltfreundlich. Wenn du ihn echt verbrennen willst, tät ich ihn doch lieber in natürlichem Material verpacken."

„Willst ihn in Recyclingpapier einwickeln?"

„Deine blöden Schmäh kannst dir sparen. Ich hab oben noch einen großen Seesack von meinem Vater, echtes Segeltuch. Ich trenn mich zwar nicht gern davon, aber ich fände es irgendwie pietätvoller, den alten Herrn darin zu bestatten. Den Mozart hat man ja auch in so einem Sack verscharrt. Eigentlich müsste er reinpassen, Gott sei Dank war er ja ein kleiner Mann."

„Wer? Der Mozart?"

„Gib einen Frieden, Schurli!"

Die KARPFINGER-LICHTSPIELE lagen völlig im Dunkeln. Auch die Notbeleuchtung über dem Eingang hatte den Geist aufgegeben.

Hermine K. schlug vor, Schurli sollte einstweilen reingehen und im Foyer auf sie warten. Er zog es jedoch vor, im Wagen sitzen zu bleiben. Sie versprach, sich zu beeilen. In dem Chaos, das in ihren vier Wänden herrschte, war es keine Kleinigkeit, einen graugrünen Seesack zu finden. Schließlich entdeckte sie ihn unten in ihrem Wäscheschrank, angefüllt mit Strümpfen und Socken, die schon seit Jahren, wenn nicht seit Jahrzehnten darauf warteten, gestopft zu werden. Sie stülpte den Sack um, ließ den Sockenberg einfach liegen, nahm zwei Paar Gummihandschuhe aus dem Schränkchen über der Abwasch und verließ rasch wieder die Wohnung.

Ihr Kino war durch einen Notausgang mit dem Stiegenhaus verbunden. Sorgfältig sperrte sie die Tür wieder hinter sich zu und öffnete Schurli den Kinoeingang.

„Das hat ja eine Ewigkeit gedauert. Hast du dir noch ein Kaffeedscherl gemacht?", meckerte er. „Mir ist schon alles eingefroren."

„Da wird dein Lottchen aber heut Nacht keine große Freude mit dir haben."

Der Taxifahrer war zwar auch nicht gerade auf den Mund gefallen, wusste jedoch, dass er ihr in puncto Schlagfertigkeit nicht gewachsen war.

Schweigend betraten sie den Kinosaal. Als sie sich den vorderen Reihen näherten, griff Hermine K. nach Schurlis Hand. Er umklammerte ihre Finger mindestens ebenso fest wie sie die seinen. Plötzlich ließ sie seine Hand jedoch wieder los, schaltete ihre Taschenlampe ein und stieß ein „Gemma's an" hervor. Sie reichte Schurli ein Paar Gummihandschuhe und streifte selbst das zweite Paar über.

„An was du alles denkst", stieß er bewundernd hervor.

„Einer muss ja das Denken übernehmen."

Der Tote in der zweiten Reihe starrte sie mit weitaufgerissenen Augen an.

Schurli fröstelte. Kalter Schweiß glänzte auf seiner Stirn. Eine Welle stand er nur wie angewurzelt da und bemühte sich, dem vorwurfsvollen Blick des toten Mannes auszuweichen. Die letzten Stunden, die vielleicht schrecklichsten seines Lebens, liefen wie ein Film vor seinen Augen ab.

Hermine K. gab ihm einen kleinen Stoß. „Na, mach schon, oder willst du hier übernachten?"

„Hast du's aber gnädig." Er versuchte, seine dicken Finger in einen Gummihandschuh zu zwängen. Der Handschuh platzte. Fluchend warf er ihn auf den Boden. Als er mit bloßen Händen den Leichnam berührte, spürte er erneut die Gänsehaut über seinen Körper kriechen. Eher zaghaft packte er den Toten an den Füßen und fauchte sie an: „Fass gefälligst mit an."

Sie stellte sich taub. Und er zerrte den Leichnam allein auf den Gang.

„So und jetzt leucht mir mal seinen Oberkörper an." Hermine K. drückte ihm die Stablampe in die Hand.

Kopfschüttelnd sah er zu, wie sie die Jackentaschen des Toten durchsuchte.

„Hab ich mir ja gleich gedacht, dass sich da schon ein anderer zu schaffen gemacht hat“, sagte sie mit einer gewissen Genugtuung in der Stimme. „Du vielleicht?“

Er ließ die Taschenlampe fallen.

„War ein Witz. Schmeiß nicht immer gleich die Nerven weg!“ Sie gab ihm einen Stups. „Na komm schon, du bist wieder dran. Ich halt dir den Sack auf.“

Schurli hob den Toten auf und versuchte ihn, mit dem Kopf voran, in den Sack zu stecken. Der Seesack war gute dreißig Zentimeter zu kurz.

„Der ist steif. Wir müssen ihm die Beine brechen“, flüsterte er.

„Dann tu's endlich! Mir wird gleich schlecht.“

Der Tote wich vor ihren Augen zurück. Und der Boden schwankte sanft wie ein Schiffsdeck unter ihr.

„Du kannst mich jetzt nicht im Stich lassen.“

„Ich reiß mich eh zusammen.“ Aber sie schaute weg, als er die Beine des armen, kleinen Mannes bearbeitete.

„Er spürt nix mehr.“

„Das ist das einzig Gute.“

„Gott ist gnädig.“ Er zog den Seesack zu und machte zwei Knöpfe. „Den kriegt keiner mehr auf“, sagte er stolz.

Sobald sie den Alten im Sack hatten, beruhigte sich auch Hermine K.s Magen wieder. Sie half Schurli sogar dabei, sich den Toten über die Schulter zu legen. Die Leiche kam ihm plötzlich viel schwerer vor als noch vor ein paar Stunden.

Gemeinsam verstauten sie den Sack im Kofferraum seines Mercedes.

Als sich der Taxifahrer ans Lenkrad setzte, zitterten seine Hände wie Espenlaub. Hermine K. bemühte sich, ihn mit harmlosem Geplauder zu beruhigen.

Ausnahmsweise sprang der Wagen gleich an. Das Licht der Taxi-Anzeige ließ er ausgeschaltet. Sein Wagen war im wahrsten Sinne des Wortes besetzt.

„Mir wär's lieber, du hältst den Mund", sagte er zu Hermine K., die noch immer Unsinn daherplapperte. „Eine Scheiß-Glätten ist das, ich muss höllisch aufpassen. Oder willst einen Buserer bauen?"

Der relativ harmlose Schneeregen hatte sich wieder in einen gefährlichen Eisregen verwandelt. Die Fahrbahn war spiegelglatt.

„Hast einen Tschik für mich?", fragte Hermine K. und klammerte sich an den Sicherheitsgurt.

„Bei mir herrscht Rauchverbot."

„Seit wann denn?"

„Seit heute."

Ausnahmsweise fügte sie sich.

Die Fahrt nach Simmering verlief ohne Zwischenfälle. Der Taxifahrer kannte die Strecke auswendig. Er fuhr sicher und scheinbar auch konzentriert.

41

Schurli hielt vor der Einfahrt zu seiner Werkstatt, sperrte die beiden Vorhängeschlösser auf und fuhr hinein bis vor die Tür seines Büros.

Er blieb im Wagen sitzen und dachte ernsthaft darüber nach, wo er seine Fracht verstecken könnte. In der Werkstatt lag zwar jede Menge Gerümpel herum, doch so ein ungewöhnlich großer praller Seesack könnte dennoch die Neugier eines unangemeldeten Besuchers erregen.

Er bekam oft Besuch von Taxlerkollegen. Es hatte sich herumgesprochen, dass man sich in seinem „Büro" jederzeit mit einem guten Tropfen stärken konnte. Sein Weinbauer in Willendorf versorgte ihn, als Gegenleistung für die Reparatur seiner Traktoren, mit den feinsten Tröpfchen.

Schurli stammte aus dem schönen Willendorf. Er besäße sogar eine gewisse Ähnlichkeit mit der dicken Venus, pflegte sein Lottchen manchmal zu scherzen.

Nachdenken war nicht gerade eine seiner Stärken, vor allem machte es ihn immer durstig.

„Wohin mit dem guten Mann?", unterbrach Hermine K. das ungemütliche Schweigen.

Er schlug vor, sich zuerst einmal ein bisschen aufzuwärmen. „Wie wär's mit einem Stamperl Trebern?"

Obwohl sie eigentlich nur Bier trank, hatte sie ausnahmsweise gegen einen guten Schnaps nichts einzuwenden. Sie folgte ihm in sein Büro.

In diesem etwa zwölf Quadratmeter großen Raum war ebenfalls kein Platz für eine Leiche. Auf dem wackeligen Schreibtisch stapelten sich bezahlte und unbezahlte Rechnungen, Telefonbücher, Zeitungen, Billa- und Merkurmarkt-Reklamen. Ein uralter Fauteuil, dessen Sprungfedern herausschauten, zwei klapprige Stühle und eine nicht funktionierende Telefaxanlage ergänzten das bunte Interieur. Neben der Espressomaschine auf dem Mini-Kühlschrank türmten sich schmutzige Gläser und Kaffeetassen. Gegenüber stand eine kurze Couch.

Lotte hatte, als endgültig feststand, dass es im Hause Blasicek keinen Nachwuchs geben würde, das ehemalige Kinderbett ihres Mannes auf den Müll werfen wollen. Er aber hatte sein geliebtes Sofa, über das er längst hinausgewachsen war, in sein Büro gerettet. Zusammengekauert wie ein Embryo, genoss er darauf auch heute noch so manch gemütliches Mußestündchen.

Heldenhaft widerstand er jetzt der Versuchung, sich auf der Couch ein bisschen auszurasten. Statt dessen holte er einen Trebern aus dem Schrank, entkorkte ihn mit seinem Taschenmesser und stärkte sich mit einem kräftigen Schluck aus der Flasche. Sogleich fühlte er sich klarer im Kopf.

Er genehmigte sich noch einen zweiten großen Schluck und bot dann Hermine K. die Flasche an. „Gleich wird uns warm werden." Verlegen grinsend rieb er sich die geröteten Hände.

„Hast kein Glasl für mich?" Sie räumte die vergilbten Rechnungen und Reklameprospekte zur Seite, setzte sich auf den Schreibtisch und ließ ihre Beine baumeln, während er sich auf die Suche nach einem halbwegs sauberen Glas machte.

„Da miachtelt's ganz schön." Angeekelt rümpfte sie die Nase. „Hast die Leich vorher hier herinnen liegen gehabt?"

„Bist wahnsinnig? Feucht ist es halt. Mit dem kleinen Elektrostrahler krieg ich die Hütte nicht trocken."

Schurli goss ihr einen Dreifachen ein und nahm selbst noch einen kräftigen Schluck aus der Flasche. „Prost“, sagte er, als er die Flasche wieder absetzte. „Jetzt haben wir uns ein Zigaretterl verdient.“

Auf dem Schreibtisch lag ein angebrochenes Päckchen filterloser, tschechischer Lungentorpedos.

Hermine K. wollte ablehnen, griff aber dann doch zu. Schurli gab ihr Feuer. Sie husteten beide um die Wette und drückten ihre Glimmstängel schon nach ein paar Zügen wieder aus.

Er schenkte ihr nach und bediente sich auch selbst noch einmal.

„Bringen wir's hinter uns?“, fragte er dann.

Sichtlich gestärkt gingen sie hinaus zu seinem Wagen, holten den Mann im Sack aus dem Kofferraum und verstauten ihn gemeinsam in der Werkstatt.

Der Taxifahrer bedauerte, dass er ihn nicht mehr in den Kofferraum seines alten Mercedes stecken konnte. „Ich hab ihn zuerst mit einer Zange aufgebrochen, jetzt ist das Schloss endgültig hin. Hätte ich ihn doch bloß drinnen gelassen, dort wär er bestens aufgehoben gewesen. Aber die Lotte hat mich ganz narrisch gemacht.“

„Du musst ihn gleich morgen verbrennen, sonst fängt er zu stinken an“, mahnte Hermine K.

„Sollen wir ihn lieber ins Freie legen? Vielleicht friert er dann ein wie der Yeti ...“

„Du bist genial!“

Sie schafften die Leiche wieder hinaus, legten sie neben der Hütte in den weichen Schnee und bedeckten sie mit kaputten Autoreifen.

„Auf die Idee kommt keiner, dass darunter ein Toter liegt“, bemerkte Hermine K. befriedigt, als sie den meterhohen Reifenberg betrachtete. „Aber, dass du die Reifen einfach verbrennst, finde ich echt arg. Die gehören fachmännisch entsorgt. Du bist wirklich ein Umweltsünder."

„Lass mich mit deinem grünen Scheiß in Frieden, den kannst du dir heute wirklich an den Hut stecken." Er wischte sich die Hände an einem öligen Fetzen ab und ging zurück zu seinem Taxi.

Sie öffnete den Mund, um etwas Scharfes zu erwidern, ließ es dann aber bleiben und stapfte stirnrunzelnd hinter ihm her.

„Fahren wir?"

„Ja, nichts wie weg hier. Du brauchst mich morgen nicht, gell Schurli, das schaffst du allein."

„Der Schurli wird's schon richten."

Der alte Herr würde ein würdiges Begräbnis bekommen. Das benachbarte Krematorium beflügelte Schurlis Fantasie. Auf dem Weg zu seinem Taxi schilderte er Hermine K. die feierliche Bestattung. Er hatte ohnehin vorgehabt, am Sonntag Ordnung zu machen. Die vielen alten Reifen und all das andere Gerümpel nahmen ihm nur Platz weg. Und seine toten Nachbarn würden an einem kleinen Feuerchen keinen Anstoß nehmen.

Plötzlich überkam ihn ein dringendes Bedürfnis. Sein Darm reagierte immer sehr nervös, wenn er aufgeregt war. „Setz dich einstweilen in den Wagen, ich komm gleich wieder."

Mit zusammengepressten Oberschenkeln wankte er aufs Häusl – ein Plumpsklo, das sich in einem selbstgebauten Verschlag, gleich neben dem Büro, befand.

Die Senkgrube gehörte dringend wieder einmal ausgehoben. Von dem erbärmlichen Gestank wurde ihm fast schlecht. Während er seinen revoltierenden Darm entleerte, kamen ihm ernsthafte Zweifel, ob es richtig gewesen war, den Leichnam aus dem Kino zu holen.

Ein eisiger Wind pfiff durch die morschen Holzlatten, und sein Hintern drohte anzufrieren. Er bemühte sich, sein Geschäft möglichst schnell zu beenden.

Hermine K. hatte inzwischen im Fond des Taxis Platz genommen. „Dann sieht's aus, als hättest einen Fahrgast", sagte sie, als Schurli zurückkam und ihr einen verwunderten Blick schenkte.

Sein Körpergeruch war ihr unangenehm. Er stank nicht nur nach Tod und Verwesung ...

42

Der Eisregen hatte nachgelassen, war wieder in ein sanftes Schneetreiben übergegangen.

Als sie die Simmeringer Hauptstraße entlang, zurück in die Innenstadt fuhren, stieg Schurli ordentlich aufs Gas. „Jetzt können mich die Bullen ruhig aufhalten. Ich bin grad in der richtigen Stimmung für ein kleines Scharmützel mit diesen Dielos."

Die Fahrbahn war glatt, aber das war momentan sein geringstes Problem. Er nahm den Fuß nicht vom Gaspedal und überfuhr jede Kreuzung auf der Simmeringer Hauptstraße bei Gelb. Zum Glück hielt sich der Gegenverkehr in Grenzen. Und auf seiner Spur war auf der ganzen Strecke kein einziger anderer Trottel unterwegs.

„Fährst du nicht ein bisschen zu schnell?", wagte Hermine K. eine sanfte Kritik an seinem Fahrstil, als er mit achtzig Sachen und bei Rot die Schlachthausgasse überquerte.

„Wenn's dir nicht passt, kannst gleich selber fahren."

Er wusste, dass sie seit fünfundzwanzig Jahren einen Führerschein besaß, aber seit mindestens zwanzig Jahren hinter keinem Steuer mehr gesessen hatte.

Hermine K. war eine miserable Fahrerin gewesen und hatte nach ihrem ersten Unfall, einem harmlosen kleinen Parkschaden, das Autofahren wieder aufgegeben. Sie wäre viel zu nervös, meinte sie selbst, und ihre Freunde gaben ihr Recht.

Erst als sie auf den Rennweg kamen, wurde Schurli etwas langsamer. Der S-Bahnstation näherte er sich beinahe im Schritttempo.

„Du zitterst wie ein Lampelschwaf", sagte sie.

„Ist das ein Wunder?"

Der S-Bahnhof war geschlossen, weit und breit kein Mensch zu sehen. Auch im Rinnstein lag keiner. Erleichtert und wieder schneller werdend, fuhr Schurli am Belvedere vorbei hinunter zum Schwarzenbergplatz. Die Ampeln waren auch hier ausgefallen. Ein blinkendes Straßenfahrzeug versperrte die Linksabbiegespur.

Er fuhr geradeaus weiter zum Ring.

„‚Immer Ärger mit Harry' kann ich mir jedenfalls nimmer anschauen, dabei war das immer einer meiner Lieblingsfilme", unterbrach Hermine K. das beklommene Schweigen.

„Welcher Harry?"

„Vergiss es! Wo fährst du denn hin?"

„Na, wohin schon?"

„Fahr lieber über die Zweierlinie."

„Was glaubst, was ich vorhab", antwortete er gereizt und bog bei der Oper links ab.

„Müssen die denn in dieser Stadt alles verschandeln", mokierte er sich über die Kunsthalle am Karlsplatz. „Schaut diese orange Schuhschachtel nicht aus wie ein etwas zu groß geratenes Bauarbeiterhäusl? Da gefällt mir ja das Krauthappel noch besser."

„Du bist genauso ein Kulturbanause wie der Schorschi, beim Hundertwasser hört eure Bildung auf."

„Und was bist du? Eine typische Halbgebildete, und darauf bildest dir auch noch weiß Gott was ein. Ich kenn meine Stadt wie meine Westentasche, ich weiß, was da reinpasst und was nicht."

„Spiel nicht den King of New York, oder besser gesagt, of Vienna, sei froh, wenn du aus dieser blöden Geschichte halbwegs sauber aussteigst."

Die Zweierlinie war ab der Sezession gesperrt. Umleitung.

Schurli fuhr den Naschmarkt entlang.

Zwei, drei Kaffeehäuser hatten noch offen oder sperrten gerade auf. Hermine K. hätte gegen eine dampfende Gulaschsuppe und ein aufgebähtes Semmerl nichts einzuwenden gehabt. Ein Blick auf das verkrampfte Profil ihres Freundes ließ sie lieber schweigen.

Als sie auf den Gürtel kamen, gab er wieder mehr Gas. Sie rasten am Westbahnhof vorbei. Die Stadthalle ließen sie rechts liegen. Eine riesige Leuchtreklame verriet, dass Pierre Brice zum allerletzten Mal als Winnetou seine Reit- und Schießkünste zur Schau stellte.

„Auf diesen Heini ist die Lotte auch mal abgefahren“, sagte Schurli und verzog abfällig den Mund. „Sie hat ihm sogar einen Liebesbrief geschrieben.“

„Fanpost nennt man das“, unterbrach ihn Hermine K.

„Mir ist wurscht, wie das heißt. Jedenfalls hat sie nie eine Antwort gekriegt. Und da hat dann ihre Begeisterung fürs Französische bald nachgelassen. – Ich hab das Foto mit seiner Unterschrift abgefangen“, fügte er mit Genugtuung hinzu,

„Das war gemein. Ich tät den Pierre Brice auch nicht von der Bettkanten stoßen. Obwohl er bestimmt schon genauso viele Jährchen auf dem Buckel hat wie ich, ist er auch heute noch ausgesprochen fesch und so sympathisch – eine seltene Kombination bei einem Mann.“

„Na warte, das sage ich dem Schorschi.“

„Der weiß eh, dass ich auf den Winnetou steh.“

Einen Moment lang überlegte sie ernsthaft, ob sie auf Western umsteigen sollte. Vielleicht hatte der Polizei-Psychologe doch Recht, und der Nachahmungseffekt spielte bei Krimis tatsächlich eine gewisse Rolle.

„Was glaubst, wem die Lotte noch alles Liebesbriefe geschickt hat? Diesem Knödeltenor hat sie garantiert auch geschrieben, wenn sie ihn nicht gar vor der Oper abgepasst hat“, blieb er bei seinem Lieblingsthema.

„Der Domingo ist einer der besten Tenöre der Welt. Aber wie wär's, wenn du zur Abwechslung mal die Platte wechseln würdest?“

Schurli schwieg beleidigt.

Ihr war sein Schweigen, während sie die Hütteldorfer Straße hinaus nach Penzing fuhren, nur recht.

Erst als die kleine Laterne über dem „Nachtlberger“ in Sicht kam, machte er wieder den Mund auf: „Ich bin total fertig, ich muss in die Heia.“

Auf die Kinobesitzerin wartete zu Hause kein vorgewärmtes Bett. Missmutig starrte sie auf die menschenleere Straße. Dieses ganze Theater erschien ihr plötzlich sinnlos. Selbst bei dem Ausflug nach Simmering hatte sie nichts aus Schurli rausgebracht.

Dieser Taxidriver und seine Holde haben Dreck am Stecken, das sagte ihr der sechste Sinn. Und ihr Gefühl hatte sie fast noch nie getäuscht.

Doch für heute war sie gewillt, seine Version der Geschichte einfach stehen zu lassen. Morgen war auch noch ein Tag. Auf jeden Fall würde sie sich die beiden Blasiceks getrennt vornehmen.

Schurli wird sich bestimmt eher verraten, wenn sein raffiniertes Eheweib kein strenges Auge auf ihn hat, dachte Hermine K.

Sie wünschte ihm, als er sie vorm Lokal aussteigen ließ, eine „Gute Nacht“, konnte es sich aber nicht verkneifen, ihm ein „Du wirst noch an mich denken“ nachzurufen.

43

Drei Uhr vorbei, längst Sperrstunde. Samstagnacht hatte das „Nachtlberger“ jedoch meistens bis vier Uhr früh auf.

Als die Kinobesitzerin das Café betrat, stürzte sich Schorschi sogleich auf sie, half ihr aus dem Mantel und flüsterte: „Alles gutgegangen?“

„Ja, ja, aber ich kann nicht mehr, bin total erschöpft. Ich erzähl dir morgen alles.“ Für heute war ihr Bedarf an Leichen und Mördern gedeckt. „Sind meine alten Ladies noch da? Ich werd mich noch auf ein Glaserl zu ihnen setzen ... Bring mir bitte ein Seidel und ...“ Sie brach ab, soeben hatte sie den dünnen, jungen Mann im schwarzen Ledermantel am anderen Ende der Theke entdeckt.

Auch er schien sie bemerkt zu haben.

Sie kehren immer an den Ort ihrer Tat zurück, dachte Hermine K. und beobachtete ihn mit zusammengekniffenen Augen. Erst jetzt fiel ihr auf, dass unter seinem Hut helle Strähnen hervorschauten. Sie hatte ihn für dunkelhaarig gehalten. Blonde Männer waren in ihren Augen prinzipiell eher harmlos und unverdächtig. Aber die Haare auf der Anzugjacke des ermordeten Hofrats waren hell gewesen.

Vor dem großen Blonden stand ein volles Weinglas auf der Theke.

„Er kann’s nicht lassen“, murmelte Hermine K.

„Was hast du gesagt?“, fragte Schorschi besorgt.

„Nichts, sei still, ich muss nachdenken.“

„Der interessiert dich, gell? Soll ich dir was verraten?“, versuchte der Oberkellner ihre Aufmerksamkeit zurückzugewinnen.

„Der ist nicht wegen deiner schönen Augen zurückgekommen. Er hat sein Notizbuch verloren. Gerade hat er mich gefragt, ob er's hier liegenlassen hat. Und ich bild mir ein, ich hab vorhin tatsächlich so ein kleines Büchel herumfliegen gesehen. Vielleicht kannst du ihm weiterhelfen?"

Sie ignorierte sein spöttisches Grinsen, nahm ihr Bierglas, ging zu dem jungen Mann und fragte ihn: „Wie hat Ihnen denn der Godard gefallen?"

Er erblasste und blickte sie entsetzt an.

„Na, der Film heute Abend", half sie ihm auf die Sprünge.

„Nn...nn...nun ..., ni...ni...nicht schlecht ... äh, einer seiner besten, denke ich."

„Ja, das finde ich auch. Mögen Sie Krimis?"

„Die n...neu...neuen eigentlich ni...ni...nicht, haben meistens so dumme Plots, au...au...außer die Thriller von Abel Ferrara. ‚Ddd...dd...die Frau mit der 45er Magnum' haben Sie noch nn...nie im Programm gehabt, tolle Frau", sagte er beinahe vorwurfsvoll.

„A...a...aber auf die a...a...alten, a...amerika...ka...nischen Filme steh ich sehr. Nn...näch...ste Woche spielen Sie ja sogar ‚The Night of the Hunter', hab d...d...diesen Traumfilm schon d...d...dreimal gesehen, Robert Mitchum at his best!" Und dann hielt er ihr auf Englisch einen kleinen Vortrag über Robert Mitchum und die Schwarze Serie.

Hermine K. wunderte sich, dass er, wenn er Englisch sprach, nicht stotterte. Aber er klang nicht wie ein Engländer oder ein Amerikaner, sondern sprach Englisch mit einem eigenartigen, weichen Akzent. Ein Südländer vielleicht?

Sie überlegte, ob sie das Gespräch in englischer Sprache fortsetzen sollte. Ihr „Film-Englisch" war geradezu hervorragend. Früher hatte sie die alten amerikanischen Klassiker in Originalfassung gespielt.

Diese puristische Anwandlung hatte sie damals bereits an den Rand des Ruins geführt. Das Wiener Kinopublikum legte eben Wert auf eine ordentliche deutsche Synchronisation oder, besser gesagt, auf eine österreichische, denn Dialoge in Piefkinesisch, wie zum Beispiel: „Wirf mal die Knarre rüber, Schätzchen" oder „Ich knall dir eine gegen den Latz" schätzten sie auch nicht sehr.

„D...d...der To...To...deskuss", begann der Fremde plötzlich wieder zu stottern.

„Mit dem zweitschönsten Mann Hollywoods ..."

„Richard Widmark?", fragte er mit einem schüchternen Grinsen.

„Nein. Victor Mature meine ich natürlich, obwohl der Widmark als Psychopath sehr überzeugend war ..."

„Vor a...a...allem, wie er d...d...die alte Frau im Rollstuhl d...d...die Stiegen hinunterstößt", kicherte der junge Mann plötzlich genauso verrückt wie Richard Widmark alias Tommy Udo.

Sie schenkte ihm einen ängstlichen Blick, und wieder fielen ihr die dunklen, rotbraunen Flecken auf seinen Händen auf. Blutige Hände, dachte sie und versuchte, die Buchstaben auf seinen neun Fingern zu entziffern. Sein linker Daumen war etwas verkümmert und unbeschriftet. Die Buchstaben waren nur aufgemalt, nicht tätowiert, stellte sie erleichtert fest und las, „best" auf der Linken und „worse" auf der Rechten. Er hatte auffallend kleine und schmale Hände für einen Mann seiner Größe.

Ebenso abrupt, wie er zu kichern begonnen hatte, hörte er auch auf damit und redete wieder in seinem weichen, fließenden Englisch auf sie ein. Über „Cape Fear" gerieten sie einander beinahe in die Haare. Hermine K. bevorzugte die früheren Fassungen, während er Martin Scorseses Verfilmung dieses Stoffes interessanter fand. Sie unterstellte ihm ein besonderes Faible für Jessica Lange. Daraufhin versuchte er, sie von der großartigen schauspielerischen Leistung Robert de Niros als Max Cady zu überzeugen.

Was die verschiedenen Versionen von „The Postman Always Rings Twice" betraf, waren sie wieder einer Meinung.

„Selbst Jack Nicholson schafft es ni...nicht, d...d... die erste Verfilmung mit Lana Turner war einfach viel glaubwürdiger, viel mehr au...au...authentic", sagte der gebildete junge Mann und grinste wieder verlegen.

„Der ‚film noir' war eine einzige psychologische Meisterleistung", warf die frankophile Kinobesitzerin ein.

„Ich bevorzuge d...die A...A...Amerika...kaner. ‚The lost ones' for example. They all have been losers after the war. Yes, they had nothing to lose."

„Das hat sie der Krieg gelehrt", pflichtete sie ihm bei. „Ein Menschenleben war damals nicht viel wert."

„The black series started earlier, in the time of recession", korrigierte er sie.

„Die Thriller, die zu Zeiten der großen Depression entstanden sind, waren nur Vorläufer. Die schwarze Serie begann mit den Verfilmungen der Hard-boiled- und Tough-guy-Krimis der Black-mask-Autoren", belehrte sie ihn. „Aber ich will mich nicht schon wieder mit Ihnen streiten."

Vertieft in ein Gespräch über Edward G. Robinson, James Cagney und Peter Lorre, vergaß Hermine K., dass sie ihn eigentlich über die Morde in ihrem Kino aushorchen wollte.

Ihre Wangen hatten sich vor Aufregung gerötet. Sie bat ihn um eine Zigarette.

Er reichte ihr eine von seinen filterlosen Chesterfields und gab ihr Feuer – mit der Linken.

Linkshänder. Also habe ich Recht gehabt, dachte sie und musterte ihn erneut misstrauisch. Unwillkürlich musste sie an die „Unschuldigen mit den schmutzigen Händen" denken, obwohl er nicht die geringste Ähnlichkeit mit Jeff Marie besaß.

Als er sie dann jedoch bat, „Der Fremde im Zug" wieder in ihr Programm aufzunehmen, verfiel sie endgültig seinem eigenartigen Charme. Es kam nicht allzu oft vor, dass sie sich mit jemandem ernsthaft über Kriminalfilme unterhalten konnte.

Ein echter Cineast – und das in ihrem Kino!

44

Im Extrazimmer saßen nach wie vor die beiden alten Damen. Klara war eingenickt, Ella starrte Löcher in die Luft.

Als sie die Kinobesitzerin mit dem jungen Mann an der Theke erblickte, stieß Ella ihre Freundin an und schrie in ihr gesundes Ohr: „Schau, Klara, sie verhört diesen Narrischen ein zweites Mal."

„Ja, ja, ich weiß, sie ist ihm hörig", murmelte Klara.

„Wach endlich auf, da vorn ist echt was los", wurde Ella jetzt etwas energischer. „Die Frau Karpfinger hat den Norman Bates gerade wieder in die Zange genommen."

Klara war plötzlich hellwach.

Aufgeregt flüsterten sie miteinander und riefen dann im Chor: „Herr Schorsch, kommen Sie schnell! Bitte! Es pressiert!"

Als sich der Oberkellner nach einer Weile zu ihnen bequemte, empfingen sie ihn zu seiner Überraschung nicht mit Vorwürfen, sondern baten ihn inständig, ihnen zu verraten, was die Frau Karpfinger zu diesem „Perversen" gesagt und wie er darauf reagiert hätte.

Schorschi bedauerte, er hätte nicht aufgepasst. Es interessierte ihn nicht, was seine Mimi mit diesem fremden jungen Mann zu quatschen hatte.

Die alten Damen baten ihn jedoch beinahe flehend, der hochinteressanten Unterhaltung an der Theke zu folgen. „Trinken Sie ruhig ein paar Bier auf unsere Rechnung. Das ist es uns wert, nicht wahr, Ella?"

„Ein kleines", seufzte diese und wischte sich mit einem Taschentuch den Schweiß von der Stirn.

„Sei nicht immer so geizig. Für Informationen muss man ordentlich zahlen, sonst taugen sie nichts. Das sollltest du eigentlich wissen." Klara schenkte ihr einen strafenden Blick.

„Sie spielen genauso gern Detektiv wie meine Mimi, stimmt's?", amüsierte sich Schorschi über ihren Eifer. „Na gut, ich will kein Spielverderber sein. Ich werde aufpassen wie ein Haftelmacher und Ihnen dann genauestens Bericht erstatten – kostenlos", fügte er hinzu, als er Ellas verzweifeltem Blick begegnete.

Erleichtert beobachtete er, wie sich „dieses Muttersöhnchen" gerade von Mimi verabschiedete. Nun brauchte er für die alten Damen nicht mehr den Spitzel zu mimen.

Nach seinem Geschmack schüttelte sie die Hand des jungen Mannes etwas zu lange. Dieser Komplexler strahlt sie an wie einen Christbaum, und jetzt macht er sogar noch einen kleinen Diener, registrierte der Oberkellner verärgert.

Hermine K. schaute dem Fremden lange nach – mit viel zu leidenschaftlichem Blick, fand Schorschi. Besitzergreifend legte er seinen Arm um ihre Schultern und sagte: „Der könnt doch glatt dein Sohn sein."

„Na und? Hast du nicht ‚Lieben Sie Brahms' gesehen? Was sich die Ingrid Bergmann mit dem Anthony Perkins leisten konnte, werd ich mir wohl auch noch erlauben dürfen", antwortete sie patzig und mit einem gekonnt arroganten Augenaufschlag à la Hollywood.

„Hast ihm sein Büachel zurückgegeben?"

„Welches Büachel?" Eine zarte Röte machte sich auf ihren Wangen breit.

„Sich an fremdem Eigentum vergreifen ist kein Kavaliersdelikt."

„Wovon sprichst du ...?"

„Du sollst nicht stehlen, lautet das siebte Gebot Gottes."

„Und du sollst endlich den Mund halten, lautet mein erstes Gebot." Sie war nicht gewillt, dieses harmlose Vergehen jetzt mit ihrem Freund näher zu erörtern.

„Die alten Ladies warten sehnsüchtig auf dich."

„Was? Die sind immer noch da?"

„Senile Bettflucht nennt man das, oder? Sie hocken fast täglich bis zur Sperrstund hier herum, das weißt du doch. Meistens machen sie zwischendurch ein kleines Nickerchen, aber manchmal halten sie auch ohne durch."

Nachts stirbt es sich leichter, dachte Hermine K. und ging mit ihrem fast leeren Glas ins Extrazimmer.

Ella half gerade ihrer halbblinden Freundin in den Mantel, als die Kinobesitzerin an ihren Tisch trat.

„Oh, Frau Karpfinger, Sie sind auch noch auf den Beinen? Wir dachten, Sie wären längst schlafen gegangen", begrüßte die hübsche alte Dame sie mit einem falschen Grinsen und mit glasigen Augen.

„Ich war kurz noch mal drüben, musste abrechnen ..."

„Wir wollten eben gehen", sagte Klara mit vorwurfsvollem Unterton, als sich Hermine K. hinsetzte.

„Lassen Sie sich durch mich nicht von Morpheus' Armen abhalten. Ich brauch nur noch einen kleinen Schlummertrunk."

„Den könnte ich auch noch vertragen. Morpheus' Arme ... was Sie immer für komische Geschichten kennen", kicherte Ella und setzte sich wieder.

Klara blieb nichts anderes übrig, als es ihrer Freundin gleichzutun. Ihren warmen Kamelhaarmantel behielt sie an.

„Haben Sie Ihren Mörder endlich gestellt?", fragte sie spöttisch.

„Wie meinen Sie?"

„Na, Sie haben doch diesem perversen und geistesgestörten Norman Bates anständig eingeheizt. Er ist plötzlich ganz kasig geworden, schien völlig die Contenance zu verlieren", verriet Ella, naiv, wie sie nun einmal war, dass sie die Kinobesitzerin die ganze Zeit über im Auge behalten hatte.

„Er ist der falsche Mann, jung und unschuldig und genauso wenig oder zumindest nicht perverser als wir. Im Gegenteil, er ist ein sehr gebildeter, sehr sensibler und sehr interessanter junger Mann."

„Wir hatten den Eindruck, dass Sie ihm die Wadeln ganz schön firegerichtet haben", mischte sich Klara ein. Auch sie schien vor Neugier fast zu platzen.

„Da gab es nicht viel zum Firerichten ..."

„Ein cleverer Bursche, aber lang nicht so clever wie Sie, oder?", Klaras skeptische Miene sprach Bände.

„Eigentlich wollten wir Ihnen beistehen, aber leider hat er sich viel zu schnell wieder aus dem Staub gemacht. Was hat er denn nun wirklich gesagt? Hat er ein Alibi?"

Ellas Stimme kippte wieder einmal beinahe.

Hermine K. blieb eine detaillierte Wiedergabe des „Verhörs" erspart, da in diesem Moment der Oberkellner angelaufen kam.

45

Schorschi raufte sich das schüttere Haar und flüsterte seiner Freundin ins Ohr: „Mimi, ich krieg gleich einen Herzkasperl ... Im Klo liegt einer, der Kommerzialrat Pfaffenbichler. Er rührt sich nicht mehr. Ich wollte gerade schiffen gehen, und da ...“

„Sehr interessant“, spottete sie.

„Der ist hinüber, das sag ich dir. Zwei Tote an einem Abend, das ist einer zu viel.“

„Zu viel oder zu wenig“, versuchte Ella einen kleinen Scherz, doch keiner lachte.

„Spiel nicht verrückt, Schorschiboy“, bemühte sich Hermine K., ihn zu beruhigen, „ich werde mir deinen Toten gleich einmal ansehen.“

„Was für ein Toter?“, fragte Klara.

Schorschi ignorierte sie, runzelte empört die Stirn und sagte zu Hermine K.: „Aber du kannst doch nicht einfach aufs Herrenklo gehen.“

„Sag mal, bist du nicht mehr ganz dicht? Wen interessiert denn das jetzt? Du kannst ja mitkommen, wenn du meinst, dass es sich für eine Dame nicht schickt, allein das Pissoir zu betreten.“

„Ich kann keine Toten mehr sehen“, entschuldigte er sich achselzuckend und ließ sich auf einen Stuhl fallen. „Er schaut genauso aus, wie damals der Herr Hofrat ausgeschaut hat.“

„Durchgeschnittene Kehle?“, fragte die Kinobesitzerin.

Er stöhnte und gab keine Antwort.

„Soll ich mitkommen?“, bot sich Klara an und schlüpfte aus ihrem Mantel.

Hermine K. winkte ab, stand auf und begab sich allein auf die Toilette.

„Ist er wirklich tot, der Herr Kommerzienrat?“, fragte Ella interessiert.

„Der alte Steiger“, murmelte Klara.

„Der ist mausetot. Ich hab ihn nicht angefasst. Das darf man nicht – hat mir die Mimi erklärt, und die hat ja schließlich Erfahrung“, seufzte Schorschi.

„Das haben Sie ganz richtig gemacht. – Mein Gott, was für ein Tod! Am Klo sterben, das möchte ich wirklich nicht.“ Ella war jetzt in ihrem Element. Sie hielt Schorschi und Klara einen Vortrag über die Örtlichkeiten, an denen sie auf keinen Fall das Zeitliche segnen möchte und zog dann geeignetere Plätze in Erwägung.

„Vielleicht ist er gar nicht tot, sondern nur bewusstlos“, unterbrach der Oberkellner ihre Sterbefantasien, „obwohl, er hat schon die Leichenblässe im Gesicht gehabt ...“

„Unser aller Leben liegt in Gottes Hand“, ließ ihn Klara nicht ausreden.

Hermine K. kam an den Tisch der alten Damen zurück. „Der besoffene Kommerzialrat hat nur seinen Rausch ausgeschlafen. Ich hab ihn aus seinem süßen Schlummer gerissen – mit ein paar Fotzen.“ Sie grinste hämisch. „Du siehst wirklich schon überall Leichen, Schorscherl.“

„Ich hab ... ich hab nur dacht ...“, stotterte der Oberkellner verlegen.

„Denk nicht so viel, bestell ihm lieber ein Taxi, er wird gleich rauskommen.“

Mit einem herzhaften „Gott sei Dank“ zog sich Schorschi wieder hinter die Theke zurück und begann, Gläser abzuwaschen. Die gleichförmigen Handbewegungen schienen eine beruhigende Wirkung auf ihn auszuüben. Bald wirkte er sichtlich entspannter, und in sein Gesicht kehrte wieder etwas Farbe zurück.

„Schauen Sie sich bloß diesen Pfaffenbichler an, spaziert mit offenem Hosentürl durchs Lokal. Und so was will ein gebildeter Mensch sein!“, empörte sich Klara. „Ehrlich gesagt kann ich es dem Mörder nicht einmal verdenken, diese alten Weiberer können wirklich sehr unappetitlich sein.“ Sie rülpste wieder einmal herzzerreißend und fuhr dann fort: „Allein ihr ungepflegtes Äußeres beleidigt meinen Schönheitssinn. Wie Sie zuerst ganz richtig bemerkt haben, Frau Karpfinger, wenn sie keine Frau haben, die sich um sie kümmert, dann lassen sie sich einfach gehen.“

„Die Frau Kommerzienrat ist ja erst letzten Sommer gestorben ... war so eine fesche Person, aber er scheint sich ja schnell wieder getröstet zu haben. Erst neulich haben wir ihn mit der ‚Tigerlady‘ beim Billa gesehen. Sie haben zusammen eingekauft, hatten nur einen Wagen ...“

Ella grinste vielsagend.

Klara, die sich nicht gern unterbrechen ließ, blieb beim Thema: „Ständig pinkeln sie daneben, stinken permanent nach Urin, weil sie ihre Blase nicht mehr unter Kontrolle halten können. Immer tragen sie ein paar Tröpferl in ihren Hosen spazieren und belästigen jedermann mit ihren Ausdünstungen. Und vom Waschen halten die meisten Männer ohnehin nicht viel, ihr Schweißgeruch ist eine echte Zumutung, vor allem in geschlossenen Räumen. Am liebsten würde ich mir die Nase zuhalten, sobald mir einer von diesen alten Stinkern zu nahe kommt. Geht es dir nicht auch so, Ella? Als ich noch Schwester war, musste ich diesen heruntergekommenen Schweinen sogar manchmal den Hintern auswischen. Zum Kotzen, sag ich Ihnen.“

„Ja, weil du nur Hilfsschwester warst. Das müssen immer die Hilfsschwestern machen“, sagte Ella boshaft.

„Kann ich was dafür, dass meine Eltern nicht genug Geld hatten, um mich was Anständiges lernen zu lassen? Aber Sie dürfen mir glauben, Frau Karpfinger, als Schwester lernt man die Menschen kennen ..."

„Du hast völlig Recht, meine Liebe, sie stinken wirklich oft erbärmlich. Aber noch viel mehr stört mich diese krasse Ungerechtigkeit. Sie kassieren ab, während wir, die wir auch unser Leben lang geschuftet haben – wir sind nie verheiratet gewesen, müssen Sie wissen", bemerkte sie zu Hermine K., „mit der Mindestpension abgespeist werden. Aber mit unserer kleinen Rente können wir uns kaum die drei Kinobesuche pro Woche leisten, während diese feinen Herren nicht wissen, wohin mit all ihrem Geld ..." Erschöpft brach Ella ab. Sie wirkte sehr müde, hatte ganz kleine Augen und konnte kaum mehr aufrecht sitzen.

„Leichter kommt ein Kamel durchs Nadelöhr als ein Reicher ins Reich Gottes", half ihr Klara weiter.

„Der Täter hat jedenfalls nicht ahnen können, dass diese so armselig aussehenden Bischkottenzuzler gar nicht so arm waren ...", ereiferte sich Ella wieder.

„Lauter Pharisäer!", fiel ihr Klara ins Wort.

„... außer er hat sie persönlich gekannt", warf Hermine K. ein.

„Nun, vielleicht hat dieser ... dieser Killer seine Opfer aus tiefster Seele gehasst."

„Ja, Ella hat Recht, wahrscheinlich hasst der ...", Klaras nächste Worte wurden wieder von einem kräftigen Rülpser begleitet, „... Mörder alte Männer. Bestimmt findet er sie ekelhaft, hält sie für unnütze Idioten. Vielleicht hat er beruflich mit ihnen zu tun gehabt. Ich hab mir schon so meine Gedanken über sein Motiv gemacht. Ich sage nur: Agatha Christie. Ich denke, das genügt."

Ihr bedeutungsvoller Blick reizte Hermine K. zum Lachen. Allein Elias entsetzter Gesichtsausdruck verhinderte, dass sie unbeherrscht zu kichern begann.

46

Schorschi kam zurück an ihren Tisch und war wieder ganz der Alte, ein bisschen grantig, ein bisschen charmant und sehr, sehr geschäftstüchtig.

„Haben die Damen auf diesen Schock hinauf vielleicht noch einen Wunsch?“, fragte er höflich und hustete den drei Damen ins Gesicht.

Er hustet sich noch die Lunge aus dem Hals, dachte die Kinobesitzerin.

„Sind Sie verkühlt, Herr Schorsch?“, säuselte Ella zuckersüß.

„Nein, ich hab nur einen Lungenwurm.“

„Sie gehören ins Bett.“ Ella schien echt besorgt um den Oberkellner.

„Das kann ich mir nicht leisten“, brummte er.

„Wir sind wunschlos glücklich, danke Schorschi“, sagte Hermine K. leicht genervt.

„Ich verschwind eh schon wieder.“

„Wird gut sein. Aber deinen Tabak kannst du mir dalassen. Ich hätt jetzt doch gern einen Tschik.“

Sie bediente sich aus seiner Tabakdose und versuchte, sich eine Zigarette zu drehen.

Amüsiert beobachtete er, wie ihr Glimmstängel immer dicker und dicker wurde. Als sie das unförmige Ding fluchend in den Aschenbecher warf, sagte er spöttisch: „Das wirst du wohl nie lernen. Soll ich dir schnell eine wuzeln?“

„Bitte!“

Ein paar geschickte Drehungen, und er reichte ihr, mit einer galanten Verbeugung, eine schlanke Zigarette und gab ihr Feuer. Dann ließ er die Damen wieder allein.

Ein völlig absurder Verdacht quälte die Kinobesitzerin schon seit einer geraumen Weile. Sie machte ihren Bierkonsum dafür verantwortlich. Doch der schreckliche Gedanke ließ sie nicht mehr los. Sie musste sich endlich Klarheit verschaffen und entschloss sich daher, ihr Geheimnis zu lüften. Mit heiserer Stimme sagte sie: „Heute Abend hat es den dritten Mann erwischt. Ich begreife einfach nicht, dass keiner was bemerkt haben will."

„Nein, wirklich?", kicherte Ella.

„Auch den dritten Mann? Nicht zu glauben!" Klara klang ehrlich entsetzt. „Er war also doch nicht so clever ..."

„Im Ernst, es hat wieder ein alter Herr dran glauben müssen. Einfach die Kehle durchgeschnitten und natürlich ausgeraubt. Scheußlich, sag ich Ihnen. Saß heute Abend zufällig die ‚Tigerlady' in Ihrer Nähe?"

„Ich hab keinen Tiger gesehen, aber ich seh ja fast überhaupt nichts mehr", beklagte sich Klara.

„Ja natürlich, diese Phantom-Lady war's. Hab ich's nicht gleich gesagt", rief Ella und schenkte ihrer Freundin und der Kinobesitzerin einen triumphierenden Blick.

„Das will ich damit nicht gesagt haben, ich habe nur gemeint ... Nun, sie ist die Einzige von all meinen Besuchern, die sich strikt weigert, mit mir zu sprechen. Ich komme einfach nicht an sie heran. Aber Sie kennen diese geheimnisvolle Dame auch nicht näher, oder?"

„Natürlich nicht, das haben wir Ihnen doch vorhin schon gesagt. Diese präpotente Pfunsen redet nicht mit jedermann", sagte Klara.

„Können Sie sich zufällig daran erinnern, ob sie an jenem Abend, als der Hofrat verschieden ist, eine blonde Perücke trug?"

Diese Frage war eher an die ehemalige Friseuse gerichtet.

„Schwarz steht ihr besser, finde ich. Sie ist einfach zu alt für blondes Haar."

„Ella, hör auf!“, mahnte Klara.

„Heute hatte sie eine schwarze Perücke auf, das hab ich genau gesehen. Sie ist ja nicht weit weg von uns gesessen. Aber damals, warten Sie einen Moment ...“ Ella runzelte nachdenklich die Stirn.

„Sie wissen also, wo die ‚Tigerlady‘ heute Abend gesessen ist?“, fragte die Kinobesitzerin.

„Ja, natürlich. Sie saß zwei Reihen hinter uns und eine Reihe hinter ihrem Opfer!“

„Es muss übrigens während oder kurz nach dem Ende der Vorstellung passiert sein ...“ Hermine K. schluckte, unterbrach sich selbst, blickte Ella entsetzt an und fragte sie dann ganz leise: „Wieso wissen Sie ...?“

„Wieso während der Vorstellung?“, antwortete Klara mit einer Gegenfrage. „Vielleicht hat der Mörder erst nach dem Ende des Films zugeschlagen. Er könnte doch, zum Beispiel, durch einen der Seitenausgänge reingekommen sein.“

„Der Mörder hinter der Tür“, flüsterte Ella.

„Aber dann sind alle Lichter an“, warf Hermine K. zaghaft ein.

„Sie meinen diese schwache Notbeleuchtung? – Und wer dreht sich noch einmal um, wenn er das Kino verlässt?“ Ella schien plötzlich wieder ganz munter zu sein.

„Alte Männer sind nicht mehr die schnellsten, manchmal verschlafen sie sogar den ganzen Film, einschließlich des Happy-Ends. Auf jeden Fall sind sie immer unter den Letzten, die den Saal verlassen, nicht wahr, Ella?“

Klara und Ella begannen wie auf Kommando zu lachen.

„Und alte Frauen ebenfalls“, seufzte die Kinobesitzerin resigniert.

„Prost“, sagte Klara und griff mit der Linken nach ihrem Glas.

Kichernd wie ein Schulmädel prostete ihr Ella zu.

Hermine K. rührte ihr Glas nicht an und vermied es, den beiden alten Damen in die Augen zu sehen. Trotz ihrer Ungläubigkeit war sie nahe daran, sich dreimal zu bekreuzigen. „Eigenartig, dass mir nie aufgefallen ist, dass Sie Linkshänderin sind", sagte sie zu Klara.

„Bin ich auch nicht wirklich, ich bin beidhändig", betonte die alte Dame stolz.

„Schauen Sie doch nicht so böse. Was haben Sie denn auf einmal?", fragte Ella.

„Die Schwestern des Bösen", murmelte Hermine K. beinahe unhörbar und sagte dann laut und deutlich: „Ich könnte mich ohrfeigen, weil ich zwar nach der Vorstellung immer die Saaltür öffne und die Notbeleuchtung einschalte, aber keinen Blick mehr in den Saal werfe, sondern mich immer gleich um die Abrechnung kümmere."

„Und das wusste auch die rechte Hand Gottes. Den Seinen gibt's der Herr eben im Schlaf", erklärte Klara rülpsend und lächelte süffisant.

„Amen!", sagte Ella und begann hinter vorgehaltener Hand leise zu kichern.

47

Die Kinobesitzerin dämpfte ihre Zigarette aus, drückte und zerquetschte den Stummel heftig und sagte dann sehr leise und nur mühsam beherrscht zu sich selbst: „Ich glaube es einfach nicht. Zwei so nette alte Damen wie diese beiden. Ihre Fantasie geht mit ihnen durch. Oder ich leide bereits unter Halluzinationen. Vielleicht höre ich Stimmen aus dem Jenseits?“

„Ich höre auch manchmal so komische Stimmen …“, beklagte sich Ella.

Klara versetzte ihr unter dem Tisch einen Tritt gegen das Schienbein.

„Au, warum trittst du mich?“

„Du träumst, ich hab dich nicht getreten.“

„Du hast mich sehr wohl getreten. Morgen wird die Stelle ganz blau sein, dann zeig ich sie dir. Ich hab doch so eine empfindliche Haut, krieg immer so leicht blaue Flecken …“

„Und was soll ich jetzt mit Ihnen machen?“, unterbrach Hermine K. ihr Gezeter. „Sie einfach der Polizei übergeben? Ja, das wäre wahrscheinlich das Gescheiteste.“

Ella lachte laut und schrill auf. Tränen liefen über ihr Gesicht, ruinierten ihr kunstvolles Make-up.

Klara schwieg, blickte die Kinobesitzerin unsicher an.

„Ich will nicht an den Galgen“, kreischte Ella hysterisch.

„Halt den Mund!“, zischte Klara und wandte sich mit ernster Miene an Hermine K.: „Natürlich würden wir alles abstreiten. Und wem würde die Polizei wohl eher glauben? Sehen Sie uns doch an. Ella kann kaum gehen, und ich sehe und höre fast nichts mehr.

Können Sie sich wirklich ernsthaft vorstellen, dass uns jemand sowas Garstiges zutraut?“

Hermine K. musste ihr widerwillig Recht geben. Kommentarlos trank sie ihr Bier aus, während Ella herzzerreißend in ihr Taschentuch schniefte. Ihre verweinten Augen hätten selbst einen Stein erweichen können. Aber die Kinobesitzerin blieb fest. „Würden Sie mir bitte verraten, wie Sie es geschafft haben, dass man keinen Muckser gehört hat?“, herrschte sie die alten Damen an.

„Chloroform!“, schluchzte Ella und öffnete ihre große beige Handtasche.

„Um Himmels willen! Lassen Sie bloß Ihre Tasche zu. So genau will ich es nun auch wieder nicht wissen.“

„Wir haben jede Menge davon. Klara hat sich während ihrer Spitalszeit einen hübschen Vorrat zugelegt. Unsere Hausapotheke spielt alle Stückerl. Außerdem besitzt sie bis heute ganz gute Verbindungen zu diversen Krankenhäusern.“ Ella wischte sich die Tränen von den Wangen und lachte übermütig. „Übrigens ist das meine Aufgabe, ich stolpere doch so leicht. Schon früher haben mich die Männer liebend gern mit ihren starken Armen aufgefangen.“

Die Kinobesitzerin starrte Klara an, die schweigend neben ihr saß und in ihr Glas stierte. „Und Sie ...?“

„Sie ist der Engel mit der Mörderhand“, kicherte Ella.

„Ja, ich schicke sie auf die lange Reise, schneide ihnen die Kehle durch und manchmal schlitze ich sie auch auf, sicherheitshalber, weil ich doch so kurzsichtig bin.“

„Wir achten immer darauf, dass unser Schweizermesser ordentlich geschliffen ist“, fühlte sich Ella bemüßigt, die Kinobesitzerin aufzuklären.

„Zwei stahlharte Profis“, murmelte Hermine K. fast unhörbar.

„Ihr Geld haben diese alten Kerle entweder in den Innentaschen ihrer Sakkos oder in den Brusttaschen ihrer Oberhemden. Besondere Schlaumeier, wie dieser Oberschulrat zum Beispiel, verstecken es allerdings in ihren Schuhen."

„Sie sind wirklich widerliche Geizhälse. Auch der von heute Abend war bestimmt ein Gstopfter, obwohl er wie der letzte Sandler ausgesehen hat", pflichtete Ella ihrer Freundin bei. „Geld wie Heu! – Darf ich Sie zur Feier des Tages auf ein Seidel einladen, Frau Karpfinger?"

„Nein, danke. Oder doch, warum auch nicht, mir ist sowieso schon schlecht." Hermine K. fühlte sich einer Ohnmacht nahe. Ihre Hände zitterten und sie fürchtete, sich jeden Moment übergeben zu müssen.

„Und fürchterliche Schweine sind sie auch! Mir ist fast übel geworden, als ich so nahe an sie ran musste, hautnah, sozusagen", fing Klara noch einmal an, sich über ihre Opfer zu beklagen. Nach einem kritischen Blick auf die kreidebleiche Kinobesitzerin rief sie nach dem Oberkellner und bestellte eine letzte Runde. Sie überschrie mühelos die müde Stimme aus dem Lautsprecher: „Ich steh an der Bar, und ich habe kein Geld ..." Anscheinend hatte die Platte einen Sprung. Immer wieder ertönte derselbe Refrain.

„Wo bleibst du denn bloß, ich brauche dringend einen Abstürzer", herrschte Hermine K. ihren herbeieilenden Freund an.

„Wenn ihr so weitermacht, seh ich dich schon, an jedem Arm eine der alten Tussis, nach Hause torkeln. Ihr seid ganz schön angetschechert."

„Tussi, hat er gesagt, hast du es gehört, Klara", kicherte Ella vergnügt.

Schorschi ließ die drei wieder allein.

Mit den beiden kann nicht einmal ich Schritt halten, dachte Hermine K. und hielt sich die Hände vors Gesicht. Sie war völlig verwirrt, unfähig einen klaren Gedanken zu fassen. Ihr ekelte vor dieser billigsten Sorte Grausamkeit. Und sie wünschte sich, dieser ganze Abend wäre einfach nur ein böser Traum – ein schrecklicher Albtraum.

Aber ich werde es wohl nicht übers Herz bringen, die alten Ladies anzuzeigen. Obwohl, Mord bleibt Mord. Und vor allem ein Mord mit kleinen Fehlern ist unverzeihlich. Jedenfalls darf es so nicht weitergehen. Ich würde mich ja mitschuldig machen. Aber wenn ich die Polizei anrufe, müsste ich vorher die Leiche wieder aus Simmering holen. Nein, das kann keiner von mir verlangen ...

„Ich werde schweigen, fast fühle ich mich zum Schweigen verpflichtet, so wie Montgomery Clift als Pater Logan, aber Sie müssen damit aufhören. Zumindest in meinem Kino dürfen Sie nicht mehr weitermorden – auch in Ihrem eigenen Interesse –, sonst werde ich sehr ungemütlich. Finger weg von den älteren Herren im Karpfinger-Kino!", drohte sie Ella und Klara und fuhr dann etwas freundlicher fort: „Wenn Sie in Zukunft brav sind, verspreche ich Ihnen für nächsten Monat eine Miss-Marple-Retrospektive. Und als ersten Film spiele ich ‚Vier Frauen und ein Mord', oder gefällt Ihnen ‚Arsen und Spitzenhäubchen' besser?"

„Wir nehmen Sie beim Wort, und die Reihenfolge überlassen wir Ihnen", sagte Klara in gönnerhaftem Ton.

„Nein, ich hätt lieber ‚Arsen mit Spitzenhäubchen', bitte Frau Karpfinger, das ist mein Lieblingsfilm ...", bettelte Ella und schenkte Hermine K. einen unschuldigen Kinderblick.

Die Kinobesitzerin gab ihr keine Antwort, stöhnte nur gequält, stand auf und wankte zur Toilette. Das unkontrollierte Zittern überfiel nun auch ihre Knie. Ihre Beine drohten zu versagen. Sie hielt sich an Tischkanten und Stuhllehnen fest.

Das Damenklo des „Nachtlberger" besaß eine gewisse Ähnlichkeit mit einem Iglu. Die Heizung war kaputt. Und die ursprünglich weiß gestrichenen Wände hatten mit den Jahren einen schmutzigen graugelben Ton angenommen. Das graue Linoleum des Fußbodens war eingerissen, und die Spülung rann schon seit Wochen.

Hermine K. steckte sich zwei Finger in den Hals und sogleich kamen die senffarbenen Reste der Burenwurst an. Danach erbrach sie nur mehr wässrigen Schleim.

Sie machte den Klodeckel zu, setzte sich drauf, stützte die Arme auf die Beine und den Kopf in die Hände und versuchte in Ruhe nachzudenken.

Jemand rüttelte an der Klotür. Eine aufgebrachte Frauenstimme rief: „Wollen S' da drinnen überwintern?"

„Bin gleich fertig", rief die Kinobesitzerin und raufte sich die Haare.

Wahrscheinlich wird es das Gescheiteste sein, einstweilen alles so zu lassen, wie es ist. Schurli wird die Leiche verschwinden lassen, es wird keinen Toten geben ... Der Gedanke gefiel ihr: Einfach so tun, als wäre nichts geschehen. Ja, das erscheint mir momentan die beste Lösung zu sein! Von mir aus soll er den Leichnam zersägen, wenn er sich den Alten nicht als Ganzes zu verbrennen traut. Die einzelnen Körperteile könnte er dann mit Benzin überschütten und anzünden ...

„Wenn Sie nicht sofort rauskommen, hol ich die Feuerwehr", drohte die ungeduldige Frau vor der Tür.

Die Beseitigung der Leiche ist jedenfalls nicht mehr mein Problem. Ich muss endlich lernen, mich nicht immer für alles und jeden verantwortlich zu fühlen. Tote hin oder her, ich bin nicht schuld an ihrem Tod, und über kurz oder lang hätten diese alten Knacker sowieso das Zeitliche gesegnet. Vielleicht waren sie den alten Damen sogar zu Dank verpflichtet? Wer weiß, ob sie ihnen nicht schlimmere Schmerzen und ein elendiges Dahinsiechen erspart haben …?

Eine altbekannte, klagende Stimme riss sie aus ihren Gedanken.

Aus den Lautsprechern ertönte: „Ich steh an der Bar, und ich habe kein Geld …"

48

„Ich mag dieses Lied nicht, es ist so ... so traurig", schluchzte Ella.

„Aber deshalb brauchst du nicht gleich wieder zu heulen. Kann denn nicht endlich jemand diese Heulsuse abdrehen?", schrie Klara in Richtung Theke.

„Hast was gegen L'amour-Hatscher?", schrie einer der Kartenspieler zurück und sang falsch, aber fröhlich und lautstark mit.

„Hoffentlich muss sich die Frau Hermine nicht übergeben. Sie war plötzlich ganz kasig ..."

„Vielleicht hat sie auch einen empfindlichen Magen."

Klara rülpste demonstrativ. „Sie sollte lieber nicht so viel rauchen."

„Aber sonst finde ich sie sehr nett." Ella blickte ihre Freundin fragend an.

„Ja, sie ist wirklich eine sehr freundliche junge Dame."

„Und so verständnisvoll und so furchtlos, ja richtig unerschrocken! Wie sie zuerst diesem Burschen das Krügerl über den Schädel gehaut hat, das war echt filmreif. Clint Eastwood hätte das auch nicht besser hingekriegt."

„Dirty Harry, meinst du", verbesserte sie Klara.

„Sie hat dem Herrn Schorsch das Leben gerettet."

„Was sie bloß an diesem Kellner findet? Sieh ihn dir nur einmal an, er schwitzt wie ein Schwein, und Luft bekommt er auch fast keine mehr."

„Seine Wampen macht ihm ganz schön zu schaffen", sagte Ella und konnte sich vor lauter Kichern nicht mehr einkriegen. „Und mit dem neuen Gebiss und den fettigen Haaren sieht er aus wie ein alter italienischer Gigolo."

„Er ist eben nicht mehr der Jüngste, macht aber gern auf jugendlich, der alter Schorsch. Hast du das Goldketterl bemerkt, mit dem er seit neuestens so angibt?“

„Zwei Goldketterl! Auch am Arm hat er eins.“

„Dass er sich nicht schämt. Man könnte ihn glatt für eine Schwuchtel halten.“

„Der ist garantiert schwul.“

„Schau dir seine Geheimratsecken an, der wird bald ganz kahl sein, das sage ich dir. Schließlich kenne ich mich auf diesem Gebiet aus …“

„Wenn er nicht aufpasst, wird er es wohl kaum mehr bis zur Pension machen. Früher war er doch ein recht stattliches Mannsbild, eine gelungene Mischung aus Cary Grant und Henry Fonda, würd ich sagen. Aber jetzt lässt er die Schultern ganz schön hängen. Keine Haltung! Wie kann man sich bloß so gehenlassen?“

Ella musterte den Oberkellner mit hochgezogenen Brauen. Ihr zuckerlrosa Lippenstift und das hellviolette Rouge auf ihren Wangen waren zu kleinen rosaroten Flecken zusammengeronnen. Sie hatte jetzt eine gewisse Ähnlichkeit mit einem alten Clown.

„Du hast Recht, er sieht richtig ungustiös aus. In letzter Zeit ist es mit ihm rasch bergab gegangen.“

„Männer altern schnell, das habe ich schon immer gesagt.“ Klara wirkte nun beinahe vergnügt. Der verbitterte Zug um ihren Mund wich einem kleinen falschen Lächeln, als sich der Oberkellner näherte.

„Bestimmt hat er auch jede Menge Ersparnisse. Allein die Trinkgelder, die wir im Laufe der Jahre hiergelassen haben, da kommt schon was zusammen. Unser lieber Schorsch ist bestimmt kein Armer.“

„Sei ruhig, er kommt.“

„Die letzte Runde, meine Damen. – Wo ist denn die Mimi?“

„Danke, Herr Schorsch“, sagte Klara betont liebenswürdig. „Die Frau Karpfinger fühlt sich nicht wohl ...“

„Weil sie nie auf mich hört. Hab ich ihr nicht schon hundertmal gesagt, dass sie nicht so viel trinken soll?“, unterbrach Schorschi die Alte und schaute besorgt zur Toilette.

„Wie viele Jährchen haben wir denn noch bis zur Pensionierung, verraten Sie's uns?“, versuchte Klara seine Aufmerksamkeit zurückzugewinnen.

„Ich könnt schon bald in Frühpension gehen, aber schließlich will man ja für den Lebensabend ein bisschen was auf der Kante haben.“

„Natürlich, das verstehen wir sehr gut. – Sie haben doch einen Wagen, Herr Schorsch, oder?“, fragte Ella lächelnd.

„Ja, einen alten Manta, warum?“

„Wir dachten ...“

„Wir dachten, Sie könnten uns vielleicht an einem Ihrer freien Abende in die Stadt fahren, gegen gute Bezahlung selbstverständlich ...“, kam Klara ihrer Freundin zu Hilfe, brach aber auch ab und rülpste verlegen.

„Und wir würden uns bestimmt nicht lumpen lassen. Denken Sie an die kleine Rente, die Sie einmal bekommen werden“, ergriff Ella wieder die Initiative. „Nächste Woche läuft in den Gloria-Lichtspielen der neue James Bond mit diesem feschen, jungen Schauspieler als 007 an. Und Sie wissen ja, diese Superfilme kommen so gut wie nie zu uns heraus ins Karpfinger-Kino.“

„In ein paar Jahren vielleicht“, warf Schorschi zaghaft ein.

„Das werden wir wohl nicht mehr erleben. Die Frau Karpfinger hat nicht einmal die passende Leinwand dafür“, sagte Klara.

„Und Dolby Stereoton hat sie auch nicht. Dabei wär dies das einzig Wahre für unsere schwerhörige Klara“, fügte Ella hinzu, schenkte dem Oberkellner einen flehenden Blick und bat ihn noch einmal inständig: „Seien Sie doch so nett, Herr Schorsch, fahren Sie uns nächste Woche in die Stadt. Wir möchten diesen Film so gerne sehen. Natürlich sind Sie herzlich eingeladen, uns ins Kino zu begleiten. Das wär doch auch mal eine nette kleine Abwechslung für Sie. Aber kein Wort zur Frau Karpfinger! Sie würde uns diesen einmaligen Fehltritt bestimmt schwer verübeln.“